MW01519478

BONJOUR NEW YORK

suivi de

MAISONS LOUÉES

Née en 1935 à Carjac, dans le Lot, Françoise Sagan grandit à Paris. Après son baccalauréat, elle s'inscrit à la Sorbonne. C'est durant l'été 1953 qu'elle rédige *Bonjour tristesse*. Le roman est publié et connaît un succès fulgurant. Elle a dix-huit ans. Elle fait la connaissance du Tout-Paris littéraire et voyage. En 1956, son deuxième roman est également un succès. Françoise Sagan commence alors à adopter un style de vie qui fait scandale et contribuera à son mythe : casinos, boîtes de nuit et voitures de sport. Victime, en 1957, d'un grave accident de la circulation, elle en gardera des séquelles qui la poussent à abuser des médicaments et de l'alcool. Elle a publié une cinquantaine de romans, écrit quelques pièces de théâtre (notamment *Un château en Suède*) et participé à l'écriture de scénarios. En 1985, le prix Monaco récompense l'ensemble de son œuvre. Ruinée et gravement malade, elle meurt en septembre 2004.

FRANÇOISE SAGAN

Bonjour New York

suivi de

Maisons louées

L'HERNE

AVANT-PROPOS

À Nathalie.

Je suis aujourd'hui heureux de pouvoir contribuer à une nouvelle publication des textes introuvables ou épuisés de ma mère. Depuis trop longtemps déjà ses écrits étaient, en quelque sorte, à l'arrêt comme les battements d'un cœur soudain figé auquel je voudrais redonner vie. Si autrefois, elle avait su si bien toucher plusieurs générations, il me semble que son œuvre n'a pas pris une ride et qu'elle garde toute sa place auprès de nos contemporains.

Bien qu'elle ait toujours gardé un attachement profond pour la campagne où elle avait passé son enfance, Françoise Sagan aimait la ville. Elle en absorbait tout : les bruits, les lumières, l'agitation quotidienne, les contrastes qui y scindent le jour de la nuit. Le soir, elle aimait sentir les rues se vider, le calme revenir, l'espace et le temps à nouveau disponibles pour elle. Parfois tard, la nuit, elle prenait sa voiture et sillonnait, sans but précis, Paris qui s'offrait alors à elle sans réserve. Certains de ces instants passagers ont même été fixés par des photos prises avec de simples Instamatic dont elle possédait une collection impressionnante.

Elle aimait New York. C'était la seule ville après Paris où elle aurait pu envisager de vivre. Ville de contrastes et d'excès, New York, comme elle, aime aller vite. C'est lors de son premier voyage, en 1954, qu'elle découvre cette « grande jeune femme blonde, éclatante et provocante ». Elle y passe un long séjour au cours duquel elle est séduite par la démesure de ce lieu beau, éclatant, bouillonnant, mais aussi choquée par la violence et la xénophobie notamment en découvrant dans les autobus une pancarte : « Interdit aux Noirs ».

En 1972, j'avais alors dix ans, ma mère m'invita avec quelques-uns de ses amis à New York. J'étais déjà très amoureux de « cette grande inconnue » dont elle me parlait souvent. Nous descendîmes dans l'un des plus anciens et des plus luxueux hôtels de Manhattan, le *Waldorf Astoria* sur Park Avenue. La veille de notre retour, ma mère loua une limousine pour que nous fassions le tour de la presqu'île ; elle tenait à ce que nous en voyions les différents visages, son masque de beauté mais aussi, m'avait-elle assuré, celui de la misère et de l'indifférence ; nous avons donc filé vers le sud par West Broadway pour arriver au cœur de Wall Street, le quartier de la finance ; puis sont apparues les tours jumelles du World Trade Center dont les travaux venaient à peine d'être achevés, symbole éclatant dans ce ciel bleu profond si particulier à New York. À droite, plus loin, le long des quais, le West Side : des terrains vagues, des parkings abandonnés, des silhouettes errant comme des fantômes sur les bords d'un boulevard à la chaussée ravagée dont la voiture percevait violemment les moindres irrégularités. Encore plus bas, très au sud, avant que nous ne franchissions ce qui semblait être une grande et profonde cicatrice, ma mère nous ordonna de fermer nos fenêtres. Nous entrions dans Harlem. À quelques blocs de la chair vibrante, douce et claire s'étendaient désormais une misère, un désordre, un abandon qui reflétaient ouvertement les contrastes, les mutations de ce monde dont elle voulait à tout prix que je sois le témoin.

Paris, octobre 2007,
Denis Westhoff.

Bonjour New York

Recette : vous prenez des tonnes de béton, le fer, le feu, l'argent, l'électricité, plus quelques décades. Vous acceptez la démesure et vous bâtissez New York « belle oh mortels, comme un rêve de pierre ».

C'est une ville édifiée. Nulle ville n'a l'air plus faite, moins laissée au hasard. Un délire rangé. Les avenues coupées au couteau, les ponts lancés d'un jet au-dessus de deux fleuves étincelants, l'Hudson et l'East River, les routes droites et monotones convergeant vers ces ponts, les gratte-ciel. Merveilleux gratte-ciel, merveilleux « dandys » de la pierre, effarants d'insolence et de tranquillité, avec leurs ombres qui s'entre-croisent sur la tête blasée des New-Yorkais. En trois semaines se bâtit un immeuble de quarante étages car l'organisation est la reine de ce beau et monstrueux amas de ferrailles.

C'est à New York que s'amuseraient le plus les titans de l'Antiquité. Enjamber le Rockefeller Center, sauter à pieds joints, comme les ponts, par-dessus les deux fleuves, jouer aux cubes avec les fameux « blocs », autant d'excellentes distractions. Mais il n'y a plus de titans, il n'y a que des malheureux individus de un mètre soixante-dix essayant désespérément de rendre leur œuvre confortable grâce aux voitures, aux ascenseurs, et à la folle organisation.

Ville si belle, éclatante au soleil, ville écrasant le ciel dans ses parois, noyant les fleuves sous ses ombres, ville toujours éveillée sous le trafic des voitures, et surtout le piétinement gigantesque de la foule new-yorkaise.

Nulle image n'y correspond : New York, cette mer, cette forêt, cette effigie de l'orgueil des hommes dépasse de ses dix mille têtes de pierres ornées et massives, les quelques définitions imagées qu'elle propose.

Quelques maisons basses, cependant, au bord des fleuves, rappellent par leur style que cette ville qui change sans cesse eut un passé, que des hommes venus de partout s'installèrent là, soit pour y édifier, ou tenter d'y édifier une de ces colossales fortunes américaines, soit pour entreprendre plus tard la prodigieuse conquête de l'Ouest. Devant ces maisons de brique, noircies par la fumée, précédées d'un perron ridicule à présent, on pense à Mrs Parkington, à ces volontés opiniâtres et brutales, celles que réclame ce pays pour vivre, et qui ont pris forme, symboliquement maintenant, dans ces gratte-ciel de pierres, symbole pas même respecté puisqu'on les démolit sans cesse. C'est à leur ombre que les patineurs new-yorkais viennent s'exercer à Rockefeller Center, sur une patinoire en glace artificielle, tandis que les suivent du regard une vingtaine de badauds, si l'on peut dire, car personne à New York ne ressemble à un badaud. Il y a un contraste bizarre entre la fragilité, la grâce de leurs figures et la masse élancée du Rockefeller, le plus haut, le plus beau gratte-ciel de New York.

New York est une ville implacable, bercée par un air étonnant, surexcitant et qui ne vous laisse pas de trêve. Vous descendez de trente étages, vous levez la main, un taxi s'arrête, vous fait faire dix blocs, vous jette devant un building, un ascenseur vous happe, de nouveau trente étages, « *how do you do ?* ». Le cœur de New York bat plus vite que celui de ses hommes qu'elle abandonne au bord d'une crise dite cardiaque mais en fait passionnelle. Passion de New York, de ses rues droites, de ses alcools, de son odeur, de son rythme. Le sang bat trop vite aux poignets de ces Américains naïfs, fatigués, persuadés que le temps est fait pour être gagné. Gagner du temps sans savoir le perdre, quelle douce folie ! Cela leur donne heureusement cette merveilleuse conception de l'argent fait pour être dépensé, de l'objet fait pour être jeté après usage, que ce soit une voiture ou un Kleenex. Avec (bien sûr) cette effrayante exagération de l'électricité qui rend introuvable un restaurant à New York où l'on puisse déjeuner à midi sans dix lampes allumées. On ferme les rideaux sur cette incertaine lumière du jour, à la merci d'un nuage, et l'on allume la fidèle électricité.

Ce n'est pas une ville familière, c'est une ville vorace et tendue. Nulle place pour le flâneur. New York a ses dieux : le jour, ce sont l'ordre, l'instinct grégaire, l'argent, l'avenir ; la nuit, ce sont l'argent toujours, l'alcool, la solitude. On ne peut y échapper, le voyageur ne peut supporter longtemps de se sentir une âme de touriste, d'étranger à cette foule rapide, indifférente, dressée.

Car New York est aussi une grande école. C'est à New York que débarquent d'Europe les étrangers. Vingt races différentes qu'il va falloir transformer en Américains. Les chauffeurs de taxi sont extrêmement représentatifs de ce problème. Ils s'appellent au hasard John Dubois, Arthur Piselli, Marcus Paulus, etc. Tous ont adopté ces interpellations à la fois courtoises et barbares, ces sourires vides, cette vraie cordialité, si généreuse, cette assurance de faire partie d'un tout, ce souci de l'uniformité. On a bien assez parlé de l'âme américaine, de ses complexes – et je ne suis pas en mesure de le faire. Mais il y a quelque chose de fascinant (tout au moins quand il ne s'agit pas d'un pensionnat) à voir quinze personnes s'installer sur le même rang du même bar, dans quinze petits fauteuils semblables et commander la même chose. Quelque chose de fascinant à croiser sur la Cinquième Avenue, en une demi-heure, trente chapeaux surmontés de trente fleurs identiques sur trente visages épanouis d'avoir vu que « la femme américaine » portait leur chapeau.

À quel coin de rue commence l'Amérique, qui n'y renonce jamais ? On n'efface pas si facilement de la mémoire les souvenirs de la douce et vieille Europe, de l'amère et vieille Asie. Sur les trottoirs de New York, le regard ricoche comme des cailloux sur une eau grise, allant d'une rive du monde à l'autre. On bascule tout d'un coup, avec un petit vertige bref, de l'Avenue of Americas aux ruelles de Naples ou de Palerme, avec leur odeur amicale de café fort, de fritures à l'huile, et de familles tellement nombreuses, nombreuses comme les foules des rues chinoises qui nous guettent au croisement suivant, criant très fort que c'est Canton à force de caractères chinois.

Sans doute parlera-t-on des défilés de fierté nationale, et du sentiment triomphant, parfois pénible d'être américain. Mais en fait ce porte-à-porte, ce frontière-à-frontière n'est qu'une longue traversée de nostalgies en nostalgies.

Harlem la nuit c'est la musique et le goût de vivre. Les trompettes déchaînent la frénésie, la grâce de mille corps au *Savoy ball room*, ou le doux balancement d'un dos, d'une nuque frappée de mélancolie, cette sourde et déchirante mélancolie du jazz devant un pianiste si seul. Cinq hommes jouent avec le plus complet ensemble la musique de la solitude, du temps qui passe et que marquent, en haletant derrière, des grosses caisses de l'orchestre.

Puis la clarinette se dresse comme un serpent des autres reptiles de l'orchestre et comme un serpent vous empoisonne le sang, le cœur, jusqu'à ce que la tête vous tourne de tristesse. Profils perdus, et soumis à cette double plainte, nuits étirées de Harlem, comment vous oublier jamais…

Il ne faut pas oublier le dimanche. Les rues sont mortes. Mais Central Park subsiste dans ses murs comme un miracle de la nature, une oasis réservée aux sentiments poétiques des New-Yorkais du dimanche. Les amoureux regardent les écureuils qui ne regardent pas les amoureux. Quand ils détachent leurs yeux des écureuils ils s'embrassent comme on s'embrasse partout, la fille simplement penchée sur le garçon, probablement en vertu des fameux complexes de la jeunesse américaine.

S'il pleut, Broadway offre le refuge de ses ciné-
mas, du cow-boy et du gangster, ou d'une de ces opé-
rettes américaines, si drôles et si agitées. Ou bien l'on
peut descendre dans un Wall Street, enfin désert,
jusqu'aux quais où les bateaux sommeillent dans un
désordre d'entrepôt. « Ils viennent des quatre coins du
monde. »

Enfin la nuit tombe. New York s'allume, bascule
vers sa fenêtre, monstrueuse, éclatée de lumières. Les
bureaux s'éteignent et les gratte-ciel deviennent ces
guetteurs immobiles et impuissants couronnés avec
dérision des publicités outrageantes, pauvres guetteurs devant cette nuit qui commence et qui verra tant
de meurtres, de bouteilles vides, de violences.

Alors le New-Yorkais solitaire descend dans la rue,
va dans un bar, se met coude à coude avec d'autres
hommes silencieux qui boivent la même chose que
lui, mettent les mêmes airs dans le juke-box (boîte à
disques).

Nuits essoufflées, de bar en bar, de rythme en
rythme, de sourire en sourire.

À l'aube les taxis traverseront Central Park pour
regagner la ville basse. Sur le grand réservoir d'eau
se dresseront les silhouettes fantômes des gratte-ciel,
diplodocus assoupis, mauves et gris, attendant leur
pâture.

Les roues des taxis crisseront sur le macadam,
l'insomnie chargera les paupières. Mais bientôt se
lèvera, intacte, ignorante de la nuit, de ses désordres,
New York, immense, éclatante au soleil, New York,
droite comme un I.

Bonjour Naples

Ayant épuisé ses soupirants Jeanne, la reine la plus cruelle et la plus voluptueuse de Naples, les faisait jeter par une trappe dans la mer. Ayant épuisé ses touristes, Naples les rejette aussi dans la mer, vers Capri où ils ne peuvent l'oublier.

C'est peut-être à cause de cette fameuse reine – on dit d'une femme légère à Naples : *« Va, tu si peggia da reggina Giuvanna »* (Va, tu es pire que la reine Jeanne) – que Naples est à ce point restée la ville-femme, blonde et lézardée, se parant de ses déchirures, doublement rythmée par la Méditerranée la plus bleue et les rengaines les plus roses, une ville follement aimée aussi. Les habitants de Naples sont entièrement à la merci de ses charmes. S'ils voient une flaque de soleil sur une marche, ils s'y allongent, s'ils entendent un accordéon ou un de ces pianos mécaniques et ambulants, ils les suivent en marquant le pas. Enfin, et surtout, s'ils voient une femme, vieille ou jeune, et non accompagnée, ils se précipitent, lui offrent leur *Maquina* (automobile), leur barque, leur cœur, leur journée avec une sincérité étourdissante.

(N.B. Bien des douloureux problèmes soulevés au Courrier du Cœur trouveraient à Naples, j'en suis presque certaine, une solution satisfaisante.)

À ce sujet, il est intéressant de constater – surtout pour le touriste femelle – que la légende est pour une fois exacte et que les Napolitains sont beaux. D'une beauté parfois étonnante et qu'ils offrent au soleil avec tranquillité, une tranquillité dont on ne peut s'empêcher de penser qu'ils ne jouiraient pas longtemps à Saint-Germain-des-Prés ou à Saint-Tropez. Mais, à Naples, la beauté reste impunie.

Et qui songe d'ailleurs à punir, à part, peut-être, le Vésuve ? (Contrairement à la légende [celle de Cook] il ne fume pas ou alors d'une manière si discrète que l'œil non initié du Parisien ne peut le percevoir.) Si les agents et les douaniers ont été nantis par l'Administration d'une moustache noire, c'est probablement pour leur donner un objet à tourmenter. Ils n'opposent en effet à la circulation extravagante de Naples (les conducteurs français y sont considérés comme les Belges à Paris) que des gestes gracieux et impuissants que les « maquinistes » ignorent.

D'ailleurs, dès l'aérodrome, on se rend compte de l'inanité de la force publique. On est bien loin de l'aérodrome bitumé et sophistiqué d'Orly ou d'ailleurs. Des chiens vous sautent au mollet, des Napolitaines en cheveux promènent leurs nourrissons autour des hélices, l'inévitable curé rêve sur une chaise et les douaniers essayent sur vous un français sentimental et hésitant. Et du car brinquebalant qui vous descend autour de l'eau noire du golfe en un long et éblouissant arc de cercle, on distingue, tous les cinquante mètres, les étranges bornes, tendrement chuchotantes, d'amoureux enlacés.

Les rues sont jaunes, débordantes, les ânes, les enfants, les tramways en sont rois. Et les petits métiers. Le nombre de petits métiers est quelque chose d'incroyable. Il y a le cireur de chaussures, le marchand de deux citrons, le pousseur de pianos, le guide qui mène au port, le guide qui mène au musée, l'homme qui cherche le taxi, celui qui le trouve, celui qui le conduit, celui qui vous ouvre la porte et celui qui la referme pendant que le précédent vous offre sa journée en vous appelant *bellissima* – ce qui correspond à mademoiselle en napolitain. Cette dispersion et cette non-organisation de l'activité de nombreux individus s'expliquent fort bien par leur amour pour la rue qui est vivante, pour le soleil qui est là, et pour la discussion qui est passionnée. Assis sur des marches, leur chapeau sur la tête, les « petits métiers » discutent politique en sifflant les femmes. Cette aptitude au loisir et au bonheur les rend d'une amabilité et d'une serviabilité probablement uniques au monde.

Ce sont ces qualités peut-être qui ont toujours fait de Naples, Naples allongée, accoudée sur la mer, la ville à prendre, la ville envahie. Les Barbares, les Grecs, les Français, les Espagnols s'abattirent sur ses rivages. Et quand ils l'abandonnèrent un instant dans son bonheur, sa beauté, le Vésuve se réveilla, inonda Pompéi de sa lave. Il y eut alors les scènes affreuses, les empreintes terribles, la cendre partout. Dans cette Naples si gaie, si évidemment douée pour le plaisir, il y a d'ailleurs par moments une curieuse atmosphère de corruption et de tristesse. C'est à ces moments-là

que l'on voit apparaître parfois un gigantesque car-
rosse de verre et de bois noir, conduit par un homme
en habit. Sous la coupole repose une bière que l'on
emmène ainsi, au petit trot et à la vue de tous, dans la
poussière et le soleil, jusqu'au cimetière.

Naples témoigne cependant d'une certaine défense
en ce sens qu'elle volatilise littéralement ses touristes.
En admettant que les Allemandes, les Suissesses, les
Anglaises, les Américaines doivent leur disparition
aux soins des Napolitains, on s'explique moins bien
le sort de leurs frères et de leurs époux. Or ceux-ci ne
sont visibles que dans les grands hôtels d'où ils sortent,
le matin, l'œil gauche dans l'objectif de leur appareil,
l'œil droit sur leur guide de poche ; ils ne réapparaissent que le soir, sans qu'on les ait rencontrés une
seule fois au cours de la journée. Ils réapparaissent
furieux d'ailleurs, se plaignant de la mendicité. Celle-
ci est une sorte de petit métier, réservé aux vieillards et
aux enfants qui la pratiquent avec une sorte d'aisance
et de gentillesse parfaites. Les non-Latins ne peuvent
comprendre ce qu'il rentre dans cette requête, de
curiosité, du simple désir – en dehors des lires – d'atti-
rer votre attention, de vous plaire, de vous parler, de
vous chanter aussi. On ne peut résister à cet italien
suppliant, musical et assez affreux à entendre.

À Naples, il y a aussi, bien sûr, le linge aux fenêtres,
les ruelles, leurs couleurs, la musique napolitaine à
toutes les fenêtres, dans toutes les voitures, même
chez le coiffeur qui vous lave la tête en mesure. Il y
a un charme indescriptible qui fait que l'on aimerait
avoir toujours vécu à Naples, habité une de ces maisons jaunes, tout escalier et balcon dehors, quelque

chose qui vous invite à vous asseoir au soleil, à voler des fruits, à parler des heures entières d'un incident minime.

Quelque chose qui vous force à partir avant qu'il ne soit trop tard et que l'on soit obligé d'y rester et de consacrer sa vie à y être heureux sans rien faire.

27 septembre 1954.

Bonjour Capri

À 6 heures du soir, à Capri, la mer devient blanche : des courants crémeux s'y allongent, la creusent et la comblent de vingt bleus différents, soutenus ou tendres. Après Naples, on pourrait dire : voir Capri et ne plus vouloir mourir.

L'arrivée est pourtant quelque chose d'assez rebutant. Vous êtes projetée dans un taxi, avec dix autres individus hébétés par le roulis du *vaporetto*, et emmenée à une allure démentielle, par une route en lacet, jusqu'à la Piazza. Entre les plumes du chapeau de l'Américaine de droite vous pouvez apercevoir des petits bouts bleus de mer, des petits bouts rouges de fleurs et parfois, en sens inverse, un bolide semblable au vôtre. L'arrivée sur la Piazza, 200 mètres plus haut, est un cauchemar. Vingt cars de différentes nationalités touristiques y ont déversé leur contenu (en short) et cela dans une place minuscule, cernée de cinq cafés dont deux à la mode (vous ne vous rappellerez jamais lesquels). On se demande rapidement ce qu'on fait là. Certains se le demandent avec assez de détermination pour prendre le bateau du soir. Certains ont trop som-

meil et réfugient leur déception à l'hôtel. Et le lendemain ils sont pris.

La première chose importante semble de fuir la
foule. Capri possède cent plages, cent criques, mille
rochers plats, un soleil, une eau également merveilleux.
Elle possède même des grottes où l'on s'enfonce, un
peu haletant, pour se retrouver dans des plages souter-
raines, baignées d'une eau et d'une lumière vertes, le
corps curieusement teinté et inhumain. Les Martiens
auront sans doute cet air-là. On retrouve ensuite le
poids oublié du soleil, car à Capri, il fait toujours soleil.
Le rythme de l'île se prend très rapidement : lever à
10 heures, bain de soleil, déjeuner à 3 heures dans
l'un des restaurants des plages. Les plages sont trois :
la plage déserte, la plage snob avec piscine hollywoo-
dienne et stars du même cru, la plage entre les deux.
Dans toutes les trois, vous pouvez manger du poisson
grillé ou des langoustes à peine pêchées. À 4 heures,
on remonte par l'un des taxis-tombeaux prendre le
café à la Piazza, qui, à ces heures, est possible ; ces
heures étant 4 heures, 9 heures et 3 heures du matin.
Vous prenez donc le café dans l'établissement que
vous croyez être le bon, le vrai, l'élégant, et vous allez
dormir. À 8 heures les festivités commencent. La
marche dans les petites ruelles blanches et orientales
de Capri, le dîner aux guitares et la soirée au *Number
Two*. Le malheureux touriste inexpérimenté essaye les
autres où il doit assister à des danses et des chants
folkloriques affreusement ennuyeux, mais le touriste
judicieux va assister au *Number Two* à une soirée
extraordinaire. Il y a un seul pianiste blond d'une tren-
taine d'années, qui joue et chante comme personne ne

joue ni chante à Paris. Sa femme est assise près de lui, noir ange gardien, et remue lentement son éventail. Lui, boit sans cesse et chante d'une voix ivre, usée et violente jusqu'à 4 heures du matin. Il s'appelle Hugo Shannon, vit six mois à New York, six mois à Capri et ne fait que jouer. Elle que l'éventer.

Il y a certaines choses à voir à Capri, également célèbres, mais que je n'ai pas vues. La grotte bleue qui est inapprochable, la maison d'Axel Munthe qui, même de loin, est hideuse, et celle de Malaparte qui est rouge, allongée sur un rocher au bord de la mer. On ne peut la visiter car Malaparte n'y est plus, étant exilé depuis deux mois par la municipalité à la suite d'un article trop violent sur la corruption des habitants de Capri. Il y a enfin le palais de Tibère. Cet empereur, l'un des plus beaux de l'histoire, venait à Capri soigner une mélancolie et une cruauté incurables.

Outre un palais dévasté, il a laissé son nom à un pic vertigineux sur la mer, le saut de Tibère, d'où il faisait jeter le malheureux qui lui avait déplu. Celui-ci espérait sans doute atteindre au terme de sa chute tout ce bleu qui basculait à sa rencontre, mais les rochers l'arrêtaient au passage. On dit que ses gémissements se mêlaient à ceux de la mer.

Il y eut aussi Murat qui venait y chasser les cailles migratrices, avec des femmes. Il y eut surtout toute une société dissolue, dissolue et dilettante, en 1918 (au moment où Cook était mal organisé). Il en reste des noms et des histoires : les cénacles de demi-artistes, se récitant des vers grecs devant la plus belle mer, sous la plus belle lune du monde. Jacques de Fersen, le petit-fils du célèbre Fersen, qui avait installé une fumerie d'opium dans sa villa et qui y mourut une nuit en récitant un poème. Et la célèbre – à ce moment-là – Mimi Francatti, rousse et dévastatrice, et qui ne se déplaçait qu'en péplum, suivie d'un orchestre. On lui doit, à part quelques suicides et anecdotes, la création des socques de bois ; tout ce qui reste d'ailleurs : les péplums ont été remplacés par les barboteuses à ramages des Américaines et les vers grecs par les *« lovely, wonderful, verboten »*. On se demande ce qui est pire.

On se demande ce qui est pire, on se dit que la mer est bleue partout, les rues blanches, et l'eau claire mais on se trouve mieux qu'ailleurs. D'abord la Piazza est moins affreuse qu'on veut bien le dire. Elle est même très jolie à certaines heures, où tout le monde se dit bonjour. Il y a une société assez unie à Capri, et très accueillante. Elle est formée par les habitants à l'année, qui ont en général un palais à Rome ou Naples mais qui préfèrent leur villa. Ces villas sont d'ailleurs ravissantes, très bien meublées, avec un grand sens du confort. Les fidèles de Capri sont tous peintres, poètes ou littérateurs, et se réunissent le soir à l'heure du cocktail dans une villa. On boit alors de nombreux cocktails, tandis qu'un guitariste découpé sur le ciel joue et chante un peu plus loin. On parle pertinemment de l'art et comme tous ont du génie et savent l'avouer avec simplicité on passe de charmantes soirées. Comme tous les Italiens, ils ont d'ailleurs une hospitalité et une gentillesse touchantes.

Capri enfin est une île, ce qui est un charme de plus. Le téléphone marche mal, le courrier arrive tard, il n'y a de voitures que sur la route qui est minuscule, les rendez-vous ne sont jamais sérieux, les gens jamais désagréables. Tout y est fait pour le plaisir. Et si ce parti pris est un peu gênant au début et un peu vulgaire, on s'y habitue vite. La mer est toujours assez chaude, le soleil brûlant, le café bon, les poissons frais, le chauffeur du taxi beau, le fauteuil souple. Au début, l'esprit se tourmente de ce manque complet d'opposition. Puis il se laisse tout doucement aller. Quitter Capri est très, très désagréable : on voit l'île s'éloigner, on sait qu'on ne verra jamais une mer plus belle, une terre plus douce, on a peur de tout ce qui est là-bas, après la mer.

4 octobre 1954.

Bonjour Venise

Pas une ville ne ressemble plus à l'idée qu'on s'en fait, pas une ville ne déçoit moins. Venise est très belle, peut-être trop : on y étouffe ; il est très difficile de parler du charme caché de Venise, car elle porte tous ses charmes à fleur de peau, à fleur de pierre, à fleur d'eau. « Belle, vieille et fardée », Venise est grise, par ses pigeons et ses pierres, verte par ses canaux, rose par leurs reflets conjugués. Il n'y a pas un aperçu du canal qui ne soit très beau, pas un palais qui n'évoque un prestigieux passé, pas un contraste qui ne semble étudié pour vous permettre une (brillante et originale) tirade. En vérité, Venise, à l'heure actuelle, est un peu inhumaine. Tout vous parle du passé et tout vous en arrache sans cesse. Venise est sous la double influence des doges et de Cook, on y cherche Casanova, on y trouve Babbitt, on y monte en gondole pour recevoir la fumée des *vaporetti*. C'est un système de douches perpétuelles. D'autant plus qu'il ne semble pas y avoir de Venise vivante, du moins par elle-même. Les industries sont prétextes aux visites des touristes, les magasins sont pour les touristes, les gens dans la rue sont des touristes ou en vivent.

Les seuls moments où l'on peut, avec de la chance, deviner Venise, c'est entre 1 heure et 2 heures de l'après-midi, quand il fait trop chaud, même pour les pèlerinages : si vous êtes assise à la terrasse d'un restaurant, sur une petite place, loin de Saint-Marc, guettée par un pigeon et un chat, vous vous apercevez brusquement que le silence est agréable, que la petite fontaine sur la place doit être chaude sous la main, que vous aimeriez avoir rendez-vous sur cette place la nuit et y arriver, le cœur battant. Vous vous apercevez qu'il serait peut-être supportable de vivre à Venise. Que ce n'est pas seulement une ville de passé, visitable, admirable, une ville à photographies, mais peut-être aussi une ville offerte.

Il est assez agréable de parler d'une ville comme d'un être, et comme à un être de lui reprocher ses défauts. Cette espèce d'orgueil, d'exhibitionnisme que dégage Venise, peut trouver une explication, des plus romanesques d'ailleurs : Venise est une ville condamnée, la lagune s'effondrant chaque année dans la mer. Il faudra, bien sûr, des siècles et des siècles (et cette remarque ne doit pas décourager le touriste en herbe), mais on peut prévoir Venise engloutie. La mer partout… On peut alors s'expliquer Venise comme une phtisique ivre de son dernier souffle, de son corps condamné, se jetant à la tête de ses touristes comme à celle de ses amoureux. Explication un peu morbide, il faut bien le dire, mais assez profitable, car échappant au passé du *Guide bleu* et au présent des visiteurs, on a recours alors à un futur surréaliste et poétique.

Si l'on s'imagine… la mer place Saint-Marc, les pigeons éperdus ne sachant où se poser, les sonneurs

frappant le bronze dans le silence. Cela commencera
par la fuite des rats, puis l'eau montera les marches
du palais et pénétrera dans les salles désertes, recou-
vrira les fresques des murs, jaillira enfin par les hautes
fenêtres. Avec la même lenteur qu'Othello y venant
chercher Desdémone, l'eau montera les marches
du palais des Doges, envahira ces salles où fut joué
vingt fois le destin de la république de Venise, où tant
d'hommes moururent, pendus aux fenêtres. Les centaines d'églises aussi, y compris celle où Casanova,
jeune séminariste, fit son premier sermon. Le seul
d'ailleurs, car malgré le succès fou qu'il y remporta, il
ne put prononcer le second. La peur le prit et il dévala
les marches de la chaire. Le soir, il dînait aux violons.
Dîner aux violons, à Venise, n'implique pas les seuls
charmes de la musique.

Car il y a aussi la nuit de Venise. Les canaux sont
noirs, les palais baignés de lueurs vertes, les gondoles
frôlent la vôtre sans un bruit. Quelquefois, le gondolier courbé sur sa rame dans un geste de supplicié,
de supplicié paresseux, jette un cri rauque pour aver-
tir de sa présence. Il tourne alors dans les canaux
étroits, à peine éclairés ; vous vous penchez sur l'eau,
elle est tranquille et noire, elle ne vous renvoie pas
votre visage. En se rendant aux fêtes nocturnes d'il y
a quelques siècles, durant cette demi-heure de trêve,
avant la lumière, la musique et les intrigues, beaucoup
de Vénitiennes durent se pencher sur l'eau ainsi, y
chercher vainement leur visage. Certaines durent y
chercher aussi, des nuits sans fin, des nuits sans aube,
le visage blême de leur amant assassiné. On se débar-
rassait vite d'un homme à Venise (peut-être encore

aujourd'hui). L'eau est secrète. Et les sentiments y étaient passionnés. Les prisons sont terribles comme ce nom de « pont des Soupirs », si usé qu'on n'en perçoit plus le sens.

On marche beaucoup à Venise, tout le monde le sait. Attendre le *vaporetto* est long, on y est entassé, c'est très ennuyeux dès qu'il y a la foule, ce qui arrive onze mois sur douze à Venise (le nom du douzième mois est très discuté). Il faut se promener à pied donc, dans des ruelles étroites, tortueuses, encombrées de fruits, de miroirs et de fleurs. Les gens sourient et quand par hasard ils sont vénitiens, ils sont beaux. On retombe vite sur l'eau d'ailleurs, on passe des ponts de pierre étroits, on s'y accoude, pour assister aux démêlés d'un gondolier et d'une Américaine, ou pour regarder la mousse et les coquillages noirs sur la pierre. Tout est léger, rapide. L'apéritif au *Florian*, bercé par les flonflons d'une musique viennoise, s'impose aussi. On voit passer sur la place des groupes étranges, on y voit tourner des films, on s'y amuse. Sur les terrasses de la place, les Vénitiennes faisaient bouillir des herbes, trempaient leurs cheveux dans ces mixtures et les faisaient sécher au soleil, pour obtenir leur fameux blond. Elles se mettaient aussi des tranches de veau cru sur le visage afin de posséder un joli teint. De temps en temps, leurs époux et soupirants s'entr'égorgeaient sur la place pour des raisons politiques. On pense à tout ça en buvant un vermouth blanc, on regarde les pigeons que la célébrité, jointe à la stupidité de leur espèce, a rendus effroyablement prétentieux et encombrants. Ils sont toujours dans vos jambes, ils vous voleraient vos clips si c'était possible.

Il se trouve toujours des businessmen attendris pour les nourrir. Il n'y a qu'un moment où ils sont jolis, c'est quand ils se réfugient dans les creux de la pierre, qu'ils y confondent leur gris, qu'ils frottent leurs plumes sur sa chaleur. Le reste du temps ils sont titubants et ridicules.

Enfin, il faut quitter Venise par avion le soir. La lagune est rouge et noire, incendiée par le soleil. L'eau est grise et bleue, elle travaille très doucement, ronge le sable, grain par grain. Venise y repose, confiante, en sa beauté.

11 octobre 1954.

Maisons louées

De tes maisons louées tu t'en vas d'un air fier :
Tu te crois regrettée en partant la première ;
Dans ces maisons louées, tu laisses derrière toi
Deux, trois ans de ta vie et un peu de ta voix.
Tu en as tant quitté et laissé à l'arrière,
De ces maisons louées devenues familières,
Et des chambres d'amour, et des lits partagés… ;
Dans tes maisons louées s'achevait ton enfance
Et s'usaient des bagages que tu ne fais pas mieux.
Tu n'auras rien pris là dans tes maisons qui passent,
Tu aimais la fenêtre, le lit, l'étagère
et ce tableau pensif qui te semblait à toi
mais qui dans ta valise ne te reverra pas :
il est à ses cloisons, il est à sa maison,
comme ton chat qui tremble sur ta valise ouverte.
Le soleil, dans ce coin, avait un drôle d'air, et
la pluie sur la vitre, à l'automne,
faisait un drôle de bruit : tu ne reverras plus
ce soleil. Étrangère (que tu es à toi-même devenue)
et tu n'entendras plus ce doux bruit de gouttière
ni ce rythme précis : « Tu ne reviendras plus… »
Ne le dis pas fort, dis-le entre tes dents,

mais sache-le quand même : « cette fois est la dernière
que tu descends cette marche – qui est la même
qu'elle était avant-hier – Et qu'elle sera demain
sous un pied qui sera un autre que le tien.
Adieu maison, adieu cloisons, adieu murs familiers,
Adieu portes ouvertes sur mon corps refermées,
Adieu. Rappelle-toi… ce bonheur fou furieux
là… D'ici, l'autre est parti ; et là, tu as gémi ;
là-bas, un peu plus loin, tu as ri d'un troisième :
tu t'es même juré de réfréner ta vie.
Adieu le rideau effrangé à l'aurore,
et le parquet qui glisse, et le disque rayé,
et le coin de la chambre que le chat saccageait.
Tu ne croiras jamais cette personne-là
qui veut rester partout et ne quitter jamais
ni les ports provisoires, ni les maisons louées,
cette femme bizarre, enfantine et ratée,
et qui te suit partout et te fait des reproches
mais devant qui, quand même, tu te sens un peu
                                        [gauche ;
comme si en bafouillant et se prenant les pieds,
et en se cramponnant à tes maisons louées,
elle te re-répétait un air qui est le sien : celle,
Celle que de bail en bail, de quartier en quartier,
toi tu fais tout pour fuir, tu fais tout pour nier,
mais qui te suit partout et qui te fait pitié,
et qui est toi, mon ange, et qui l'est à jamais,
et qui sera partout, dans tes maisons louées,
assise à t'attendre seule, sur le palier.

Cajarc au ralenti

Pour beaucoup, Françoise Sagan c'est uniquement l'irruption d'un événement inouï : l'écriture par une adolescente de 19 ans d'un roman superbement pervers et sentimental. C'est en 1954 : *Bonjour tristesse* (Julliard éditeur).

La précocité est parfois difficile à assumer. Mais les textes postérieurs de Françoise Sagan ne décevront pas, bien au contraire : *Un certain sourire, Dans un mois dans un an, Aimez-vous Brahms ?, La Chamade, Des bleus à l'âme, Le Garde du cœur* (tous chez Julliard), puis *Un peu de soleil dans l'eau froide* et *Le Lit défait* (Flammarion).

À ce propos, on a pu voir Françoise Sagan, invitée avec Roland Barthes, parler de l'amour. Elle ne raconte pas des histoires d'amour, et ses intrigues n'ont rien à voir avec ces sempiternels problèmes du couple qui font les délices de la presse du cœur.

On devrait savoir que Françoise Sagan écrit toujours le même livre, c'est-à-dire qu'elle parle d'un milieu qu'elle connaît et, par petites touches discrètes, montre avec cruauté et tendresse que chacun veut être aimé et ne le peut, pour des raisons qui, la plupart du temps, lui échappent.

Alors le mal-aimé n'a d'autre solution que de se réfugier dans l'errance et la destruction de soi. Ces « petites morts » sont chez Sagan toujours discrètes, cruelles donc.

En ce sens, Sagan, moraliste, nous apprend la leçon du désespoir. Et cette musique, on ne peut jamais l'oublier. Car elle a un style amer et doux. Sagan est fascinée par l'amour fou, seul susceptible de transformer la précarité de notre quotidien en nécessité joyeuse.

Lire Sagan, c'est découvrir, derrière les simulacres de la vie mondaine, la demande d'amour que chacun s'efforce de combler. L'immoralisme, que les nigauds s'efforcent de déceler derrière cette pantomime, n'est que la conséquence de cette inquiétude fondamentale. Et la légèreté n'est parfois qu'une dernière feinte…

Il est très dangereux de parler de son pays natal parce que cela correspond à parler de son enfance, et que les écrivains sont, en général, attendris aux larmes par le souvenir d'eux-mêmes enfants, et que perdant toute pudeur et tout humour, ils ont tendance à se décrire sauvages et sensibles, délicats et fermés, violents et tendres, etc. – exception faite de Sartre et de Proust, bien entendu. D'autre part, que pouvais-je faire d'autre ? Expliquer que le Lot, où je suis née, est un pays pauvre, où les causses de pierres succèdent aux causses de pierres, ne s'ouvrant à regret que pour laisser la lente glissade du Lot ; expliquer que le maïs, le tabac et la vigne en sont les grandes ressources, et que trois siècles auparavant, un roi anglais y régna à la place du roi de France, tout cela me paraissait bien fastidieux. De plus, je me serais sûrement trompée : on n'a pas de notion objective, qu'elle soit économique ou historique, de son pays, on a des souvenirs de vacances, de famille, d'adolescence, d'été.

Les Causses pour moi, c'est la chaleur torride, le désert, des kilomètres et des kilomètres de collines où seules émergent encore des ruines de hameaux que la soif a vidés. Les Causses, c'est un berger ou une bergère qui passe ses journées solitaires avec ses moutons, et dont le visage est gris, de la couleur de la pierre, à force de solitude. C'est aussi les quelques fermes où l'on débarque, les soirs de chasse, et où l'on boit un vin nouveau généralement imbuvable. C'est l'extraordinaire tranquillité d'esprit, l'extraordinaire et fréquente gaieté de ces solitaires perpétuels. Les Causses, c'est les mouches qui se posent sur les naseaux du vieux cheval que je monte et qui n'en peut plus de chaleur, lui aussi. Les Causses, c'est l'impression fantastique, rassurante que la France est vide.

En bas des Causses, c'est le village qui s'appelle Cajarc ; où mes arrière-arrière-grand-mères et ma mère sont nées ; le même village qui fut à l'honneur il y a dix ans lorsqu'un futur président de la République vint s'y installer et qui a depuis retrouvé son anonymat. Dans ce village, pour moi, sommeillent cent « flashes » :

J'ai quatre ans. Mon frère a gagné une bouteille de mousseux à la foire ; le bouchon saute et le mousseux roule dans le rebord du chapeau de la vieille tante Louise qui pousse des cris affreux. J'ai six ans, et avec un galopin du village, nous jouons à cache-cache dans les maisons abandonnées qui forment la vieille ville, maisons où nous ne nous réfugions que pour ressortir aussitôt, comme épouvantés par des ombres. J'ai huit ans, le soir, on fait le tour de ville, environ six cents mètres, des heures entières. Dans l'ombre on croise d'inquiétants inconnus que deux tours plus loin, sous un lampadaire, on s'empresse de reconnaître et de saluer. Les chauves-souris zèbrent l'air, piquent vers le clocher, reviennent au ras du sol. J'ai dix ans, la guerre est finie, et dans l'armoire de ma grand-mère, il y a toute une planche réservée aux saucissons de l'année. À l'automne, on fait les vendanges et comme tous les enfants, nous buvons le mou frais et sucré qui sort du pressoir devant la porte, et nous sommes malades toute la nuit. J'ai treize ans, et le 14 juillet, devant le monument aux morts, pendant que le maire répète le même discours que l'année dernière, je regarde le nom de mon oncle sur le pan 14-18 et je me crois obligée d'avoir de la peine. J'ai quatorze ans, et dans le grenier, je cherche désespérément des livres jaunis, des récits de Claude Farrère, des histoires sentimentales ou scabreuses que je cache dans ma chambre. Les orages sont violents dans le Sud-Ouest ; il y a des après-midi entières de pluie.

J'appuie mon visage à la fenêtre, je me dis que je ne grandirai jamais, que la pluie ne cessera jamais. Je n'ai plus envie de jouer à cache-cache, j'ai envie au contraire de me montrer, mais il me semble que personne ne me regarde. J'ai quinze ans. Je suis devenue « la Parisienne » ; je m'en sens fière et honteuse à la fois et le jour de fête, sur le Foirail, j'espère anxieusement que le fils du quincaillier ou celui du boulanger m'invitera « quand même » à danser. Et puis j'ai dix-huit ans, dix-neuf ans. Je reviens de temps en temps, et je suis toujours la petite-fille de Mme Laubard, « vous savez, celle qui écrit des livres ». Au demeurant, pas grand monde ne les lit et ma grand-mère est plus plainte qu'enviée.

À présent que je suis libre d'y venir et d'y rester, et que le mot « vacances » n'a plus cette résonance d'obligation, je reviens souvent dans ce pays, et je l'admire. Il y a ces Causses interminables qui passent, le soir, du rose au mauve, puis au bleu nuit. Il y a cette vallée si verte coupée d'un fleuve si gris, ces cyprès bordant les ruines, ces maisons aveugles entourées de murs de pierres empilées que personne ne respecte ; il y a la nonchalance, la tolérance de ses habitants ; il y a l'esquive étonnante de toute cette région devant le tourisme, la télévision, les autoroutes et l'ambition. Il faut des heures et des heures pour y parvenir, et si l'on n'y est pas né, l'on s'y ennuie. Les quelques atrocités apportées par le progrès ou les étrangers sont vite absorbées, jetées ou amalgamées au reste. Ce pays n'a pas changé. Je n'y retrouve pas une enfance détériorée, j'y retrouve une enfance exemplaire qui introduit dans ma vie une sorte de temps au ralenti, le même temps au ralenti que j'y passais jadis, un temps sans cassure, sans brisure et sans bruit.

À six heures, je m'assieds sur les marches de pierre, devant la maison ; je regarde passer les gens, qui me parlent, les chiens, qui s'allongent parfois près de moi, je regarde tomber le jour, surprise – voire scandalisée – si une voiture immatriculée d'un autre numéro que 46 traverse la route. De l'autre côté de la rue, je vois toujours le vieux puits où nous allions chercher l'eau, petits, dans des brocs, matin et soir, et où une ou deux vieilles femmes s'échinent encore. La pompe grince, bien sûr, et très souvent l'horloge de l'église s'embrouille et sonne trois ou quatre fois la même heure, mais personne ne s'en soucie vraiment. Les réverbères commencent à s'éclairer, halo jaune tous les cent mètres ; les chauves-souris reprennent leurs glissades interrompues ; deux passants se pressent pour le repas du soir ; je commence à avoir froid et faim. Je me lève, je rabats la porte sur la rue tranquille. Demain sera un jour pareil à aujourd'hui.

Je découvre Jérusalem et Bethléem

Des collines de terre ocre, rouge le soir, montant doucement vers un ciel turquoise, étonnamment pâle et, au centre, une ville jaune, cernée de remparts, qui évoquent une Carcassonne jetée aux déserts : Jérusalem. L'Ancien Testament devient subitement proche et périlleux. On imagine ces marches interminables sur des pistes, entre ces collines identiques, renouvelées, avec parfois, en contre-jour, la silhouette résignée d'un âne ou d'un chameau. Je dis : « parfois » car on voit, à Jérusalem, beaucoup plus de Buick que de dromadaires. Jérusalem est une ville sainte mais considérée comme telle, donc visitée, donc exploitée comme Lourdes ou Lisieux. Ce qui le lui fait vite pardonner, c'est ce paysage extraordinairement beau et pauvre, ces pierres, et surtout cette lumière crue et blessante, deux fois plus violente que dans le Midi français. Les paupières deviennent lourdes, la tête tourne, on envie, à l'ombre d'un mur, un Arabe indifférent, protégé par un de ces foulards rouges et féminins que portent même les soldats sur leur costume kaki. Car il y a beaucoup de soldats, beaucoup de choses interdites, et une grande frontière qui sépare l'État d'Israël de l'État de Transjordanie. Cette frontière est un mur de pierre (absolument pas symbolique) gardé jour et nuit par des sentinelles. Il est interdit de le passer comme il est interdit de photographier les habitants, les ânes ou les enfants. L'ancienne Jérusalem, celle de l'Histoire Sainte, étant en zone arabe, c'est celle-ci qu'il convenait de visiter.

Impossible de savoir grand-chose sur le jeune Israël. Seuls les membres de l'UN (ONU) ont le droit de passer couramment la frontière. D'après eux Israël est un pays jeune, et qui se construit à une rapidité folle ; la culture des terres est confiée à des sortes de collèges mixtes (ou kibboutz), où garçons et filles travaillent ensemble dans l'égalité complète. Collèges curieux puisque, la nuit, la surveillance des terres est assumée par garçon ou fille, mitraillette au poing. Cette jeune fille étant au demeurant très susceptible de se servir dans le bon sens de cet engin, le service militaire féminin étant obligatoire. Tous ont confiance en ce qu'ils font.

Les enfants du Chemin de Croix

Dans la vieille ville, l'essentiel, naturellement, c'est le Saint Sépulcre. Vous marchez dans des ruelles blanches, parfois couvertes, très médiévales ; le Chemin de Croix se déroule entre les marchands de beignets, les canneurs, les repasseurs, enfouis dans de véritables trous des murs, parlant avec leurs voisins, avec les vieillards, buvant l'éternel café, toute une vie commerciale et bruyante, pittoresque à force de couleurs, de laisser-aller, assez effrayante de misère. Des multitudes d'enfants vous entourent, vous suivent, le crâne ras, vêtus de kaki, avec des yeux noirs et brillants, semblables à des moineaux. Les ruelles sont à eux, ils vous y mènent par la main, vous parlent dans leur langue gutturale, vous sourient. Le guide s'arrête alors devant un pan de mur, marqué d'une croix, entre deux boutiques et vous dit : « Troisième Station. Jésus tombe sous le poids de la Croix. » C'est assez étrange.

On arrive au Saint Sépulcre assez rapidement sans quitter la ville. Il y a naturellement une énorme église, bâtie sur le Golgotha, et divisée entre cinq dominations : catholique romaine, grecque orthodoxe, etc. Cette église est comme une forêt de piliers, très sombre, avec parfois une sorte de clairière où chantent des coptes, une forêt baignée d'encens, de chants gutturaux et monocordes, assez impressionnante.

Chaque clairière est le fief d'une religion. Chacune entoure ses reliques (fondement de la Croix, Tombeau, lieu de la Crucifixion) de lumières, de prêtres, de piété. Des femmes voilées de noir se précipitent soudain, se jettent à genoux, baisent le sol. Des escaliers sombres, mystérieux descendent vers des chapelles où prient, dans la lumière fantastique des cierges, des croyants venus des cinq parties du monde.

Le soleil dehors éblouit et déconcerte. Il se couche très tôt à Jérusalem. Vers cinq heures, il abandonne la ville, la ville et les collines, qui en deviennent d'un jaune triste de sable mouillé. Le mur de frontière prend un air menaçant, des chiens aboient toute la nuit, les étoiles sont très pâles. Un vent se lève, qui sent le sable.

Le mur sans lamentations

Le lendemain vous voyez la mosquée d'Omar, qui appartint successivement aux Juifs et aux Arabes, vous enfilez les classiques chaussures de cuir pour y pénétrer, vous manquez tomber deux ou trois fois et vous pénétrez dans ce qui fut le temple de Salomon. L'ancien autel est à présent occupé par un énorme rocher d'où, d'après la tradition arabe, s'envola à cheval Mahomet. Le rocher le suivit, mais un ange l'arrêta. Il est très difficile de se retrouver entre les différents cultes et les croyances, et je crains que tout ceci ne paraisse confus. Sous ce rocher, dans une cave, reste la trace de la pierre où s'écoulait le sang des sacrifices offerts par les Juifs. Ce temple, après avoir été celui de Salomon, donc des Juifs, fut détenu par les Perses et leur roi, lequel d'ailleurs détruisit tous les monuments de la ville. Une fois reconstruit, il appartint aux Arabes. Les Juifs ne s'en consolèrent pas et prirent la coutume d'aller pleurer et esquisser des danses de mort devant un mur, appelé « mur des lamentations », et qui est un peu plus bas que la mosquée. Ce mur est haut, effrité et accablé de soleil. Seul y pleure, parfois, un enfant arabe car, depuis 1948, nul Juif n'y est revenu.

Ici naquit Jésus

En face de la mosquée se trouve le mont des Oliviers, avec son église, ses arbres mauves, rouges, ses cèdres qui sont les mêmes. Contre eux, d'après l'histoire, s'appuya un homme épuisé, une belle nuit, contre eux il connut le goût de la peur et le regret de mourir. Ce pays a quelque chose de cruel, d'aride, les fleurs y semblent indécentes.

Les Arabes sont d'une dignité étonnante. Ou parfaitement sauvages, se détournant devant l'objectif, dignes et lointains, ou aimables et ouverts, parlant toutes les langues couramment. Les femmes sont cloîtrées et sortent le plus souvent voilées, de voiles si épais qu'on se demande comment elles se dirigent. Les hommes vivent dans la rue, restent des heures sans bouger, chevauchent parfois des ânes misérables et courbés. Ils sont en général vêtus de loques. Ou alors résignés au touriste, ils en font un métier, roulent en Buick, grossissent. Beaucoup, alors, ressemblent à Babar.

Ils vous mènent dans les villes sacrées. À Bethléem d'abord, couverte d'une église assez belle. Au fond d'une cave, des petites lampes rouges, une dalle, une religieuse chuchotante, le silence : « Ici naquit Jésus. » On essaye d'imaginer, à travers le parfum de l'encens, celui de la paille, le souffle d'un naseau rose et noir comme celui des ânes, cette subite chaleur dans la nuit de Béthanie. Ici, comme ailleurs, il y a plusieurs cultes, plusieurs chapelles.

La route blanche et nue vous mène en longs virages jusqu'à Jéricho. C'est une histoire extraordinaire que cette procession dans la nuit, jouant à bout de souffle autour des murs d'une ville jusqu'à ce qu'elle s'écroule. Il ne reste de Jéricho que des pans de terre rouge, une fontaine claire, potable depuis que la main d'Élie (le prophète) y laissa tomber du sable, et le mont des Tentations. Très haut et très nu. D'après l'histoire, le diable vint y trouver un homme étourdi de jeûne, de soleil, de soif, et lui offrit le monde, en vain. Le Jourdain coule un peu plus bas, tranquille et lumineux, entre des oliviers. Il se jette dans la mer Morte, aussi beau nom. Celle-ci est verte, très chaude et trouble. Il est impossible d'y nager et assez comique d'essayer car sa densité de sel vous oblige à flotter. Cependant un nageur ayant reçu de l'eau dans les yeux, aveuglé par le sel, s'y noie chaque année…

Le ciel change vite. Sur cette ville blanche, de terrasses et de ruelles, les nuages s'effilochent parfois des heures entières. Ils viennent de la mer ou de Palestine, passent les collines, s'abattent sur la Ville sainte. Des orages éclatent, d'une effroyable violence, comme celui qui, un jour, dit-on, au pied de la Croix, fendit cette pierre grise, aujourd'hui entourée de lampes et de cierges…

Jérusalem, … décembre.

Cuba

Une promenade au soleil

Invitée par Fidel Castro, chef de la révolution cubaine, 32 ans, Françoise Sagan, chef de file de la jeune littérature, 25 ans, commence son reportage par le récit de l'anniversaire du soulèvement fidéliste.

Le 26 juillet 1953, Cuba entendait pour la première fois le nom de Fidel Castro. À la tête de quatre-vingts hommes, il avait attaqué la caserne de Santiago, et accompli ainsi son premier acte révolutionnaire[1]. Sept ans plus tard, avant-hier, il convoquait tout le peuple cubain, à venir célébrer cet anniversaire dans son ancien maquis de la Sierra Maestra, à 1 000 kilomètres de La Havane ; le peuple cubain et cinquante journalistes.

C'est ainsi qu'à peine débarquée de l'avion, je fus entraînée dans le voyage le plus ahurissant que j'aie jamais fait et ferai jamais, je l'espère, de ma vie.

---

1. La fête du 26 juillet commémore cette attaque. Échec sanglant, cette révolte n'en demeure pas moins le point de départ d'une conviction inébranlable dans le triomphe de la révolution.

Cela commence comme une promenade. Vingt Cadillac noires au grand soleil foncèrent vers la gare de La Havane. Cinquante journalistes chinois, allemands, anglais, américains, etc., s'y prélassaient. À la gare, les attendait un train spécial monté sur rails spéciaux, sans doute, car il tanguait de droite à gauche, sur deux mètres, comme un vieux bateau. Cramponnés les uns aux autres, les journalistes choisirent leurs places pour la nuit, tandis que des Cubains enthousiastes circulaient dans le couloir central.

Des jeunes gens sérieux du service d'ordre essayaient de le maintenir et de rendre le voyage de quatorze heures le plus agréable possible. C'est ainsi qu'un homme nanti d'une mitrailleuse dans le dos et de deux colts sur les côtés, comme la plupart des Cubains, m'offrit un petit gâteau sec. Le train roulait à quarante à l'heure et s'arrêtait parfois dans de petites gares où retentissaient aussitôt les accents de l'air révolutionnaire. Tout le village et son orphéon guettaient le passage du train et vous serraient la main aux portières avec enthousiasme. Partout, c'étaient les mêmes visages confiants, excités, que l'on voit à La Havane et dans tout Cuba, partout les mêmes cris : « *Cuba sí, Yankee no.* » À 5 heures du matin, ça durait encore.

Vers 10 heures du matin, on arriva à la Sierra, et on s'engouffra, un peu fripés, dans un train de canne à sucre. Assis par terre, derrière des barreaux, un doux soleil nous chauffant le crâne, nous regardâmes sans aucun pressentiment disparaître ce train spécial qui allait devenir, douze heures plus tard, notre seul espoir. Mais j'anticipe.

Le train roulait dans une campagne verdoyante, vers Palma-de-Estrada, sise à vingt-six kilomètres, mais il roulait à dix à l'heure. Déjà, on voyait sur la route des véhicules hétéroclites, remplis de hamacs, d'enfants, etc. Puis la voie ferrée s'arrêta au point névralgique, Palma. Le rendez-vous de Castro était à dix kilomètres de là ; et depuis dix jours, il était venu un million de personnes.

On n'imagine pas ce que représentent un million de personnes sur une route de dix kilomètres, c'est incroyable ! Dans un camion bringuebalant, nous mîmes deux heures pour faire la route, dépassés par des piétons, cavaliers, voitures américaines. La consigne pour nous : ne pas se quitter. Certains journalistes nous quittèrent quand même en s'évanouissant au soleil. On commençait à avoir faim, et soif d'ailleurs.

Bref, à 5 heures de l'après-midi, on se retrouva sur une estrade, à vingt mètres des orateurs, et au milieu d'une mer de chapeaux de paille. Sur l'estrade, les barbus du maquis, les grognards de La Havane plaisantaient avec les premiers rangs de la foule, qui scandait naturellement : « *Cuba sí, Yankee no.* » Soudain, un hurlement : Castro arrivait.

Il est grand, fort, souriant, fatigué. Grâce au téléobjectif d'un aimable photographe, je pus le dévisager un moment. Il semble très bon et très las. La foule hurlait son nom : « *Fidel !* » Il la regardait, avec un mélange d'inquiétude et de tendresse.

Des troupes de fortune défilaient devant lui, des enfants, des tracteurs, et enfin des centaines de paysans, brandissant les titres de propriété qu'il leur avait donnés. Des Boliviens s'approchèrent, le supplièrent de les aider à libérer leur pays, tout ça en chantant, et finalement lui offrirent un chapeau indien avec un pompon. Il s'en coiffa, la foule éclata de rire, il en coiffa un de ses ministres de trente ans qui éclata de rire ; on se sentait loin de l'ambassade du Vatican. Enfin, il prit la parole et la foule se tut.

Il parle d'une manière simple et frappante, et pour ces gens à qui personne ne s'est jamais donné la peine de parler, c'est merveilleux. Il dit : « *Nous voulons être heureux, notre peuple a le droit de l'être, et il le sera au prix qu'il faut.* » Là-dessus, le soleil accablant qui nous laissait pantelants sur nos chaises fit place à trois gouttes de pluie, et la foule hurla : « *Fidel, couvre-toi !* » (Il a eu une pneumonie il y a un mois.) Il refuse, mais la foule maternelle trépigne et, en rechignant, il enfile un imperméable.

Puis ce fut un hélicoptère qui vint l'interrompre. Il le chasse de la main, il s'énerve, et la foule rit, lui crie : « *Ne te fâche pas.* » Et il finit par rire aussi. Les gens hurlent : « *Fidel ! Fidel !* » toutes les trois minutes, et à la fin il s'écrie : « *Fidel n'est qu'un court moment dans l'histoire de Cuba, vous vous êtes battus pour la liberté, non pour un prénom.* » Mais la foule proteste : c'est lui qu'elle aime, et il a brusquement l'air très las. Il a terminé son discours et le cauchemar commence.

Un million de personnes étaient venues en dix jours, mais un million voulurent repartir dans la même demi-heure. C'était un spectacle infernal. La nuit était tombée, et notre camion, en trois heures, avait avancé de dix mètres. Épuisés par le soleil, la faim, la soif,

les Cubains et les journalistes s'écroulaient au bord
de la route. Sur dix kilomètres, vingt mille voitures,
tous phares braqués, klaxonnaient, trépignaient, sou-
levaient des torrents de poussière. Finalement, ayant
perdu tout le monde, nous partîmes à pied, à quatre,
rejoindre Palma, repartîmes chercher des égarés, et
au bout de vingt kilomètres à pied, dans le cauchemar
nocturne, marchant sur des gens couchés, nous heur-
tant aux files immenses qui remontaient la route, nous
pûmes monter dans un car bondé, qui nous jeta gémis-
sants de fatigue, à trois kilomètres du train spécial. Il
était 4 heures du matin et nous étions les premiers.

J'écris cet article à 4 heures de l'après-midi, le
train n'a pas bougé. Quelques journalistes viennent
d'arriver, ils ont de drôles d'airs et la conversation est
faible. Un reporter de *Match* me dit qu'en dix ans, il
n'a jamais fait une expédition pareille. Si nous en sor-
tons, j'essaierai de voir Castro et de parler un peu plus
précisément de Cuba. De toute façon, le 26 juillet
1961, je le passerai à la maison.

Ce n'est pas si simple

Françoise Sagan, qui vient de rentrer de Cuba, fait pour
L'Express le bilan de ses impressions.

Cuba, ce n'est pas si simple. Personnellement j'étais
partie avec les idées les plus romanesques et les plus
enthousiastes et j'en suis revenue avec quelques réti-
cences. Je dois dire tout de suite que j'y ai passé en
tout et pour tout neuf jours, que je n'ai pas parlé avec

Castro, qui était malade, et que j'ai plus vu les gens de la rue que les gens du gouvernement. Volontairement d'ailleurs sur ce dernier point. Les visites de coopératives m'effrayent et l'économie me semble devoir être réservée aux spécialistes.

L'histoire est la suivante : Cuba voit une révolution tous les six ans. Il y a douze ans, à peu près, Batista, fils de paysans, communiste, prend le pouvoir par un coup de force et installe une sorte de dictature militaire. Au bout de deux ans, il est parfaitement corrompu. Cuba devient le fief du pot-de-vin, du luxe, de la misère et du sang. On va de torture en torture dans les prisons, tandis qu'on va de casino en casino dans la ville. C'est, si l'on me passe cette expression, la parfaite image d'Épinal du révolutionnaire : les Cadillac silencieuses, les hurlements des paysans, le bruit des roulettes la nuit et des détonations à l'aube. Les gens vivent dans la faim et la peur. Et la fameuse gaieté cubaine, célèbre dans toute l'Amérique du Nord (Cuba est considéré comme l'Italie en Europe), disparaît.

Arrive Castro, fils d'une famille aristocratique espagnole, étudiant en droit. Castro est idéaliste. Il se soulève, il est emprisonné, relâché, il prend le maquis, mène une vie de traqué pendant six ans et finalement prend le pouvoir. À Cuba, les gens l'adorent. Et c'est bien compréhensible.

Pour plusieurs raisons. D'abord folkloriques : les Cubains sont désordonnés, bruyants et bavards. Castro est plus que désordonné (ses ministres ne le trouvent jamais quand il faut) et il adore parler (ses discours durent entre quatre et huit heures). Les

Cubains se retrouvent donc en lui. Puis des raisons humanitaires : Castro est bon, il aime son peuple, il s'adresse à lui directement et il est foncièrement honnête et désintéressé. Je me méfiais du populisme de Castro dont on m'avait beaucoup parlé : il y a différentes manières de parler directement aux gens, elles vont de Poujade à Jésus-Christ. Fidel, lui, parle aux paysans de leur vache, leur donne des conseils si elle est malade, vit dans la rue. Et il leur parle simplement, sans affectation, il s'intéresse à eux. Que l'on pense que personne, au grand jamais, n'avait pris la peine de parler aux paysans. Qu'ils vivaient comme des bêtes de somme, à la merci du caprice d'un gendarme. Et que subitement on leur parle, qu'on essaye de leur donner des moyens de s'instruire (problème difficile, car 40 % sont illettrés) et qu'en plus on leur donne le droit de vivre. Castro a donné à chaque paysan son champ et sa ferme. *« Plus personne ne pourra vous jeter dehors, on ne pourra plus vous humilier. Nous avons dit que les paysans étaient des êtres humains. »*

Comme on le sait, Fidel a viré gaiement les Américains. De plus, il a confisqué les fabriques, les hôtels, etc., ce qui fait dire à beaucoup de gens : il exagère. Mais ce sont les gens d'un même milieu. En attendant, la réforme agraire qu'il a entreprise doit suffire à sauver son pays dans un temps plus ou moins long. L'ennui pour le moment, ce sont tous les petits commerçants, ceux qui vivaient du tourisme et des Américains. Cuba possède un côté « Sunset Boulevard » étonnant : des hôtels gigantesques et déserts, des piscines somptueuses dont la peinture s'écaille, des voitures énormes qu'on laisse dans les rues, faute de pièces de rechange, des maîtres d'hôtel désabusés et des croupiers en complet veston.

Pour en revenir à l'humanité de Castro, il faut bien ajouter ceci : il a horreur du sang. Les fameux procès à ciel ouvert dont on parla tant, la fameuse photo du lieutenant Untel embrassant ses enfants une dernière fois, qui fit pleurer tant de bons cœurs, tout cela se résume en un chiffre : six cents exécutions. Je ne dis pas que c'est peu, mais que chacun de ces six cents hommes avait torturé, pillé et assassiné, et qu'ils avaient été formellement reconnus par des témoins et un tribunal militaire. Ça, même les opposants de Castro, ceux qui étaient « là », le reconnaissent.

Il faut bien penser qu'il n'y avait pas besoin du moindre témoignage « avant », pour exécuter un homme et sa famille. À présent, bien sûr, l'opposition ouverte est interdite, mais si un homme dit dans la rue *« Castro est un crétin ou un coquin »*, il risque tout au plus quarante-huit heures de prison. Évidemment pour un Français, cela semble inadmissible. Néanmoins, il y a l'anecdote célèbre à Cuba d'un journal dominicain qui avait publié la coquille suivante : *« Les enfants des écoles déposeront une gerbe sur la tombe* (au lieu de la statue) *de Trujillo. »* Ce dernier fit tout bonnement déporter tout le journal, y compris les linotypistes et leurs familles. Et Batista était, paraît-il, plus « intransigeant » encore que Trujillo. On imagine ce que peut donner une police dans ces conditions ; et que Castro soit arrivé à ne donner à la vengeance d'un peuple écrasé depuis six ans que six cents responsables représente un joli tour de force.

Bref, il semblerait que tout aille bien à Cuba. Et si les palaces tombent en ruine, ce n'est pas bien important. Et si les gros propriétaires sont partis croquer ailleurs leurs économies d'Amérique, c'est tant mieux pour la Côte d'Azur et le tourisme mondial. Seulement, il y a quelques « mais ».

Castro avait promis de se présenter aux élections un an après sa prise du pouvoir et il ne l'a pas fait. Les représentants des syndicats ont été remplacés par des hommes de Castro ; les journaux ont été saisis, il n'y a plus de presse libre et les résultats sont comme toujours consternants. Les Cubains ont gardé des Américains le sens de la propagande et ce ne sont partout que tracts, slogans, discours, une hystérie de l'affiche, de la profession de foi, et bien entendu de l'outrance. Tout le monde se promène avec des revolvers aux côtés, des tracts dans les poches et une formule à la bouche, ce qui, de plus, va fort mal esthétiquement au peuple cubain, lequel est le plus gentil, le plus sympathique et le plus serviable de la terre. (Quand un des nouveaux agents de la route vous arrête, ce n'est pas pour vous dresser une contravention mais pour vous dire : « *Vous avez passé le feu rouge, voyons, vous savez bien que vous devez nous aider.* » Après quoi il vous fait un sourire éclatant (les Cubains ont de fort belles dents) et repart sur sa moto, la faisant ronfler et visiblement ravi). Donc, en dehors de ces légers égarements, il faut quand même noter l'absence de certaines libertés qui nous semblent en général indispensables.

De plus, il y a un côté prodigieusement énervant chez les Cubains, c'est le côté « nouveau libre ». Ils sont nouveaux libres comme on est nouveau riche. Ce sont eux qui ont inventé la révolution, le monde a les yeux fixés sur eux, tout le monde les admire et il n'y a que les salauds pour se permettre la plus légère objection. Ils semblent ignorer parfaitement (je parle du Cubain moyen) qu'ils sont à une heure de l'Amérique, qu'ils ont demandé l'aide des Russes et que ce peut être une raison de l'intérêt que leur porte la presse mondiale. Enfin, ils sont persuadés qu'à part la Russie, tous les peuples vivent sous une affreuse tyrannie et que nous-mêmes, Français, prêtons la main à un bourreau sanguinaire nommé de Gaulle. Des conversations de ce genre, si elles se prolongent, vous mènent au bord de l'apoplexie. Quant à 1789, 1848, etc., ils ne connaissent pas ; nous sommes des arriérés et des lâches. Je sais bien que ce genre d'agacement paraîtra puéril, mais il faut avoir passé neuf jours avec les Cubains.

Dernière objection à Cuba et à son régime actuel : la pagaïe. Les Cubains sont par nature désordonnés, mais je ne crois pas qu'ils aient jamais pu s'en donner à ce point à cœur joie. Il y a dix ministères qui changent tous les jours, les ambassadeurs ne savent pas où ils vont, Castro se promène avec sa serviette entre quinze appartements, ce qui le rend introuvable et, à une plus petite échelle, les trains partent quand ils veulent, la poste n'arrive pas, et *tutti quanti*. Si on ajoute à cela les jours de grève générale pour l'anniversaire de la mort du lieutenant X, ou l'anniversaire du jour où Castro a pris le maquis, ou celui où il est sorti de prison, jours de grève qui sont en nombre considérable, on peut penser que Castro aura du mal à rétablir économiquement son pays. En attendant, il travaille comme dix hommes, dort deux nuits sur quinze, parcourt tout le pays, veille à tout. Il veille sur un peuple d'enfants pauvres et brusquement éblouis, un peuple qu'il ne veut pas décevoir et, bien que je n'aie pu le rencontrer, je crois qu'il est proprement admirable. Un journaliste étranger m'a dit à la Sierra Maestra, devant les hurlements de la foule à l'arrivée de Castro : « *On dirait des enfants à qui on a donné un nouveau jouet.* » Je lui ai répondu une heure plus tard, car j'ai facilement l'esprit de l'escalier, que c'était le seul jouet qui pouvait transformer les enfants en hommes : la liberté.

Françoise Sagan au Népal

Je rêve d'y aller depuis très longtemps… J'en parlais il y a quinze ans avec Bernard Franck, lui disant que j'avais envie de connaître l'Orient, la sagesse, le dalaï-lama… « Pauvre sotte, me dit-il, avant de t'occuper de l'Orient, occupe-toi un peu de l'Occident »… « Mais de l'Occident, je suis lasse. »

… Je ne savais pas très bien avec qui partir… Si l'on part avec un homme, on est forcément coincée. Si l'on part avec une fille, on n'est ni à l'abri, ni en sécurité. Il y a les bagages, les billets… C'est odieux. Je pars avec mon frère : c'est l'idéal. On s'est toujours follement amusés ensemble, il a huit ans de plus que moi, il avait une vie très occupée et voilà que, brusquement, je ne sais plus pour quelles raisons, il se trouve être vacant… Nous allons avoir une « *house-boat* » : la nuit, on nous détachera pour nous faire descendre les fleuves… à l'aventure…

Serai-je rentrée pour Noël ?… Je peux me retrouver sur un cheval emballé qui m'emmène au Tibet… de toute façon, *je dois finir mon roman là-bas*, un roman sur la dépression nerveuse. J'étais très entourée ici de gens sanglotant sur mon épaule, avec des drames, des problèmes… Aussi finalement mon héros (c'est la première fois que mon personnage principal est un homme) a une dépression. Plus rien ne marche. Nuit totale. Tout un volet consacré à la dégringolade…

Il part à la campagne. Il s'installe chez sa sœur. Il ne peut plus se supporter à Paris. Il s'ennuie prodigieusement à la campagne aussi. Mais il tombe sur une femme qui est une sorte de reine de la ville (j'ai pris Limoges, arbitrairement…), personnage un peu balzacien, une femme qui parle de littérature, qui tombe amoureuse de lui, qui le remet sur pied… Il la ramène à Paris et voilà que tout ce qui faisait son charme à la campagne se retourne contre elle à Paris. Ses amis à lui, qui ne supportent que la frivolité, un certain ton, une manière de parler, la tournent en ridicule et le dégoûtent d'elle. Elle se tue… Elle lui a redonné la vie, il lui a pris la sienne.

La nature

C'est un sentiment que nous avons en commun, Rousseau, Rimbaud, Landru, Proust, Madame de Sévigné, Hitler, Churchill, Néron et moi-même. Un sentiment qui passe avant tout par les sens et qui est le plus pur, le plus éthéré qui soit. Un sentiment qui débute dès l'enfance et qui dure jusqu'à la mort en donnant le même plaisir. Un sentiment qui peut vous porter à l'émerveillement, la mélancolie, le regret, comme à la crainte et, depuis quelque temps, à l'indignation. Un sentiment qui ne vient que de l'extérieur sans être superficiel le moins du monde, un sentiment qui peut être ressenti par des niais et ignoré par des gens intelligents et sensibles, un sentiment que l'on peut partager avec quelqu'un et que, parfois, une cinquantaine d'êtres humains s'amassent dans des cars pour retrouver. Un sentiment qui, le siècle dernier, a consolé des poètes, à les en croire, mais qui, dans ce siècle-ci, s'est très souvent trouvé oublié ou bafoué, voire rejeté. Un sentiment que les Latins et les Grecs chantaient bien avant nous et qui, à travers les siècles, à toutes les époques, a laissé des traces plus ou moins brillantes dans l'inspiration artistique. Un sentiment qui peut être perverti par l'instinct de possession, mais qui lui échappera toujours quelque part. Un sentiment que les humains, par leur présence, gâchent automatiquement : c'est le sentiment de la nature, dont je dirai tout de suite qu'il n'est pas universel. En voici deux preuves, de deux personnages tout à fait différents.

« Je déteste la guerre, disait Céline, car la guerre se passe toujours à la campagne, et moi, la campagne ça m'emmerde. » Et plus tôt, Tristan Bernard : « J'adore Trouville parce que c'est très loin de la mer et tout près de Paris. »

À notre époque le sentiment de la nature, comme tant d'autres sentiments, est devenu un fanion, un parti politique : l'écologie, d'inspiration tout à fait respectable. Mais notre mère la Terre – Gé, disaient les Grecs – doit trouver un petit peu condescendants ses soudains « protecteurs », elle doit même ronger son frein. Elle qui était habituée à tourner tranquillement autour du Soleil, serrant contre son flanc, grâce à la force de gravité, ses enfants les Humains – afin qu'ils ne partent pas dans le vide –, les abreuvant, les nourrissant, poussant de son souffle leurs voiles ou les ailes de leurs moulins, promenant les nuages au-dessus de leurs champs quand ils étaient secs, balançant ses océans, aplatissant ses mers, étendant tous ces liquides de vert et de bleu sombres, teignant en brun les bois de ses forêts (prévus pour nous chauffer), et en azur pâle un ciel qui eût été débilitant en rose, nous distrayant avec la neige ou les canicules (lorsque nous étions installés près de sa taille), nous oubliant un peu quand nous en étions éloignés (comme les mères avec leurs chiots), prêtant ses poches aux spéléologues, ses longueurs aux aventuriers, ses plages aux paresseux, nourrissant, réchauffant, abreuvant, habillant, réjouissant et, de temps en temps, terrifiant par ses colères (subites) notre espèce tout entière. Les écologistes compatissants ne doivent pas oublier la force des fureurs qui lui font démolir les villes, s'effondrer les montagnes, se lever les vents, se briser les bateaux, et qui font tousser de la lave et expectorer des rochers fumants à ses quelques volcans. Punitions, mais maigres punitions à ses yeux, comparées aux innombrables bienfaits dont elle nous comble depuis des ères.

Et qu'apprenait-elle tout d'un coup, en 1945, sinon que ses enfants, ses propres enfants non seulement lui picotaient la peau de leurs boulets devenus bombes, mais avaient trouvé en outre le moyen de la brûler complètement en surface. Elle allait peut-être, par la faute de ces ingrats, se retrouver toute seule, grise, chauve, et tournant en silence, la peau brûlée jusqu'à la deuxième couche de son épiderme, gravement trouée ; et sans un seul oiseau. Abîmée, quoi !… Bien sûr, bien sûr, quand sa colère serait calmée, elle reprendrait d'autres occupants, mais pas les mêmes ! Non ! plus d'hommes, ni de femmes, ni d'enfants. Des animaux à la rigueur, qui eux étaient francs, insouciants et tendres, en aucun cas ces bipèdes aux nerfs trop fragiles et au cerveau trop étriqué, ces humains qui n'utilisaient que 25 % de leur cervelle (et le savaient, de plus) et qui allaient se détruire et l'abîmer ! Ah non, elle s'arrangerait pour que les suivants disposent de 50 % de leur esprit. Cela leur permettrait de vivre en paix, de se connaître eux-mêmes, et de la connaître, elle, sur laquelle les scientifiques actuels n'avaient que de misérables hypothèses… Enfin, il fallait bien le dire, sa belle robe de terre et de blé était si perpétuellement tachée de sang, par endroits, qu'elle en était dégoûtée. De même en avait-elle assez de voir dans ses déserts ces pauvres affamés s'effondrer de faim à peine nés, tandis que dans ses fertiles contrées, les habitants, pourris de vanité et de nourriture, utilisaient l'excès de leurs biens à construire de quoi se tuer et la tuer elle-même – enfin l'abîmer un peu plus qu'ils ne l'avaient fait jusque-là avec leurs jouets ridicules. Qu'ils s'en aillent !… Qu'ils aillent donc vivre sur la Lune, cette vieille cousine avare et froide qu'elle connaissait de réputation. Qu'ils aillent donc voir le méchant Saturne et ses fureurs ! Mais qu'ils s'en aillent ! Elle n'en pouvait plus ! Elle n'en pouvait plus de ces égoïstes et de leurs bêtises, ingrats envers elle, incapables de guérir leurs propres maladies mortelles et à présent capables de tous s'éliminer d'un seul coup ! Ils étaient devenus intolérables. Qu'ils s'en aillent !… Elle n'était plus leur « Mère Nature ». Ce surnom, qu'ils lui avaient donné, qu'elle avait accepté, était désormais périmé.

Et pourtant, imaginez-vous, rappelez-vous ce que c'est que le sentiment de la nature : vous êtes seul dans un pré. Vous vous allongez sous un arbre. Vous regardez les feuilles innombrables, éblouissantes sur un ciel bleu, vide ou habité selon vos croyances. Vous sentez sous vos mains le piquant de l'herbe drue, vous respirez cette odeur de la terre gavée de soleil,

vous entendez un oiseau s'extasier derrière vous, à
haute voix, sur la beauté du jour. Nulle trace d'être
humain… Et vous ressentez, en même temps que du
plaisir et du calme, de la reconnaissance : pour elle.
Pour cette fidèle, aimable, et disponible nature, pour
cette terre qui se prête à votre corps, qui vous transporte, immobile, dans sa course paisible autour du
Soleil. Vous vous sentez accepté. Vous vous sentez
équilibré par elle. Vous aimez sa verdure, son parfum,
ses rumeurs. Bref, vous éprouvez le sentiment de la
nature tel que l'éprouvèrent les Grecs, les Latins, vos
ancêtres et tel que vos enfants l'éprouveront (s'ils le
peuvent encore ?). Tel que l'éprouvèrent Hitler et ses
victimes, des abrutis et des génies, vous-même à six
ans, et vous-même maintenant. Vous avez, ou pas, parcouru cette terre, vous avez vu ou non ses canaux,
ses lagons, ses tropiques, ses fjords. Vous avez vu ses
foules, vous avez vu ses mers, ses pics, vous les avez
vus ou survolés, peu importe, mais vous avez tous
éprouvé un jour ce sentiment, cet émerveillement solitaire. Que ce soit dans un jardin public ou au cœur
de la jungle, vous avez ressenti son indulgence maternelle à votre égard.

Car vous lui devez tout à cette terre que vous
savez ronde mais qui est plate pour que vous vous
y allongiez, cette terre envahie par des eaux qui ne
vous noient pas, des montagnes qui ne s'affaissent
pas sur vous, cette terre qui est votre abri. Et si nous
connaissons les termes d'infanticide, de parricide, de
fratricide, et non de naturicide, c'est peut-être parce
qu'il n'y aurait pas là une faute de vocabulaire, mais
une faute de sens. Parce que ce serait « la » faute, la

grande faute, l'impensable et innommable faute. Il suf-
fit, d'ailleurs, de lire les livres, romantiques ou pas, les
livres que l'on aime et où, toujours, le pire qui puisse
arriver à un homme est décrit par la phrase classique :
« Et X… sentit le sol se dérober sous ses pieds, la
terre lui manquer. » Après cela, il ne peut plus rien
arriver au héros.

C'est que rien ne peut être pire, apparemment,
pour ceux qui ont aussi connu l'horreur d'une terre
qui brûle ou d'une terre qui se noie, rien n'est plus
effrayant qu'une terre qui se dérobe et s'ouvre. À travers les flammes, à travers les flots, on peut chercher
et trouver, de la main ou du pied, du corps, un coin de
terre, un abri. Mais notre propre terre, cette terre qui
est la nôtre, cette ultime ressource, cette terre où nous
sommes nés, dont nous sommes faits, et dans laquelle
on nous enfouira une fois morts, cette terre qui nous
manque, c'est le pire.

Cette terre que l'on a dite plate, creuse, enflammée
de l'intérieur, immergée, cette terre née de Dieu et
d'un Bang, d'une volonté ou d'un hasard, cette terre
où nous nous sommes adaptés ou qui s'est adaptée
à nous, où nous arrivons blancs ou noirs, jaunes ou
rouges, handicapés ou musiciens, cette terre où nos
aïeux furent des poissons ou des singes, où nos cellules
sont toutes distinguées ou distinguables, cette terre qui
fut péniblement si abîmée, et si bien construite aussi,
par les hommes, cette terre où nous naissons, cette
terre dont nous ne savons rien et tout, peu et beaucoup, et dont le rôle est toujours généreux et redou-
table, cette terre que les géologues vénèrent et que

les pêcheurs à la ligne adorent, où les prophètes et les paysans se succèdent, cette terre que certains de nous ont découverte morceaux par morceaux et dont toute une partie, en tout cas l'Australie, nous échappe, cette terre dont trois minuscules parcelles, l'Angleterre, la France et l'Espagne, dirigèrent les étendues immenses pendant des siècles, cette terre extravagante où nous sommes si nombreux et si seuls, cette terre dont nous ne savons rien, finalement, sinon que nous y finirons enfouis, que nous n'y sommes que de passage, que nous y avons été poussière, nés de poussière et que nous y retournerons poussière – comme le disent les livres les plus anciens – *« Dust to dust »*… ce superbe tas de poussière, sous cette nature si verte, sous ce ciel si bleu dans l'éclat du soleil… Cette terre qui a été à nous si longtemps, qui l'est encore… pour combien de temps ?… Je l'ignore. Mais le cri des oiseaux était-il aussi effrayé, il y a mille ans, quand le jour faisait place à la nuit ?

La vie de province

Que la vie de province est douce et reposante ! Depuis huit jours, j'ai retrouvé la petite bourgade de Saint-Tropez, dans le Var, où je viens habituellement passer mes vacances et en même temps j'ai retrouvé le délicieux parfum des vieilles choses : rues tortueuses, visages unis, commerçants empressés, non, rien n'a changé. Après Paris et ses ouragans, quel soulagement de retomber en cette petite ville tranquille où l'inattendu est impossible ! Angoulême au bord de l'eau.

La vie de province est une vie réglée. À midi, nous partons tous entre amis déjeuner, à ce doux caboulot qui a nom *L'Épi-plage*. Les audacieux se baignent, les autres somnolent au soleil. Puis nous déjeunons par petites tables, animées et affectueuses. Enfin, c'est le jeu de boules ou le jeu de dés, ou plus simplement une de ces bonnes conversations à bâtons rompus où l'esprit se délasse délicieusement. Chacun rentre chez soi, qui dans une coquette villa, qui dans un vieil hôtel confortable, afin de se changer et pouvoir se retrouver, une heure plus tard, tous ensemble, proprets et dispos.

Après le dîner, on se dirige vers la salle des fêtes. En vacances, on va au bal, à *L'Esquinade*, petite pièce éclairée aux bougies et où l'on danse, l'on rit, l'on boit un peu ; certains se tiennent par la main, mais personne n'y voit grand mal. Sans doute ce ne sont pas toujours les mêmes qui se tiennent la main d'une année à l'autre, mais quoi ? même la province a ses sautes d'humeur. Cela permet aux conversations de rouler bon train avec cette pointe exquise de perfidie qui n'appartient qu'aux petites villes.

Vers deux heures du matin, tout le monde rentre, certains pour dormir, certains pour faire l'amour. En se séparant, tout le monde s'embrasse tendrement, comme il sied aux communautés. Demain sera un autre jour.

Non, ma chère tontine, vous pouvez être rassurée, je passe de charmantes vacances. Une seule chose me fait de la peine : imaginez cinquante journalistes acharnés, malheureux et obsédés qui essayent de faire de notre Angoulême-sur-Mer une nouvelle Babylone... qui tentent d'introduire un rythme trépidant dans notre vie paisible... qui voient des scandales où personne n'en voit... Ce ne peut être dans des buts touristiques, ils ne peuvent être payés par le syndicat d'initiative : l'endroit est plein. Enfin... Ce sont les seuls à plaindre : nous sommes tous ravis.

L'ennui selon Fellini

Pour qui a connu les heures glorieuses de Cinecittà, Italie rimera toujours avec cinéma. Ici comme partout ailleurs dans la Péninsule, on ne se sépare jamais de cette insouciance inébranlable qui fait le fond de l'air en Italie.

Les jeunes ambitieuses revues se distinguent par une absence d'inquiétude, par un mélange de fougue et d'inconscience qui, par exemple, me font me retrouver, au cœur de l'hiver, avec un devoir, sans autres précisions que son sujet et son titre : « L'Italie. »

Je suis en Normandie, fin décembre. Il y fait admirablement froid et beau. J'imagine très bien, à deux cents kilomètres de la capitale, les notes personnelles de Louis XVI : « Il fait très froid, Madame, et j'ai tué quelques loups. » C'était le jour de la prise de la Bastille, on le sait, mais il est vrai aussi que les deux cents lieues qui m'en séparent n'étaient pas plus éloignées que les vingt kilomètres de Versailles. Ce qui éloigne un endroit d'un autre, c'est le silence, la lenteur qu'on prend pour tourner la tête, bref l'irruption à votre place habituelle de ce vous-même étranger, éloigné de sa vie quotidienne. Et puis surtout, il y a le choc et l'écho sentimental des noms. À entendre nommer l'Espagne, quelqu'un comme moi se crispe, si c'est l'Allemagne, quelqu'un se raidit. Et très longtemps le mot « France », « terre des arts, des armes et des lois », me fit fondre. Mais revenons à l'Italie qui depuis toujours, comme la majorité des humains, me fait danser, m'allonger au soleil, vivre et supprimer l'emphase. On peut parler de l'Italie autrement, comme d'une province qui serait nôtre, comme l'Anjou, la Vendée ou les Causses. L'Italie n'est pas une étrangère, c'est l'amie d'enfance, la complice, les premiers battements de cœur enchevêtrés au dédale des rues. L'Italie, c'est un vent de flirt qui se lève *illico*, quelles que soient la culture, l'histoire et la prodigieuse force que représentent ces trois syllabes un peu folâtres : I-ta-lie.

Souvenirs d'Italie

Quand on imprime sa propre mémoire sur un nom, justement, il arrive que celui-ci en suggère un autre du même métal, du même son. Italie pour moi rime avec cinéma, et puisque j'ai promis quelques précisions à mes souvenirs, voici les premiers. Nous sommes sur un yacht exagéré (de luxe, de taille, de blancheur, etc.). Une immense table de salle à manger parle, rit, s'exclame. Entre autres héros, Marie Bell, tous cheveux roux dehors et son voisin Luchino Visconti, profil de médaille en colère que l'on connaît si bien et qui fond soudain de jeunesse et de rire sous l'œil de Phèdre. À l'époque, j'ai 25 ans, ils en ont sensiblement plus. Je les envie furieusement d'avoir vécu tout ce qu'ils ont déjà vécu. Je me méprise sourdement d'être jeune dans ce pays à la fois triomphant et cynique sous son propre passé. Italie, toujours avec la même rime. « On va s'asseoir là exactement puisque tu verras, entre ces deux ruines assommantes, tout près, le profil d'un petit cabri qui est né avant-hier », dit une voix dont l'autorité éclatante fait se prosterner Hitler, Mussolini, Mao Tsé-toung ou Attila. C'est celle de Fellini qui tourne à Cinecittà son dernier film. Entourés de sa tribu en péplum ou en fourrure comme en combinaison, nous avons passé la journée assis dans l'herbe sale et poussiéreuse des studios, guettant avec de moins en moins d'acuité dans le regard les quatre ou cinq éléphants prévus pour dix heures du matin et que Fellini, désespéré, hilare ou fou furieux, finit par attendre aussi. Et brusquement, c'est délicieux d'avoir trop chaud, d'être assis entre deux mégots à l'ombre calme et ravie d'un génie que son immense famille de figurants plaisante déjà.

« Eh, Federico ! dit une pute en mauve en l'enlaçant, où ils sont tes éléphants, dis ? Ils sont mal élevés, tes éléphants ! – Mes éléphants t'ont fait rester tranquille toute la journée, dit Fellini. Ce n'est pas rien, Fiagena ! »

Et la famille éclate de cinquante rires différents. Le soleil se couche, de vieilles bouteilles de Coca-Cola et de Tutti-Frutti marquent la piste jusqu'à la sortie solennelle de Cinecittà.

« J'espère que tu t'es bien ennuyée », me dit Federico.

Ce à quoi je réponds « oui », avec délice et gratitude.

L'Italie, les translucides et voluptueux cadavres de Pompéi, les plaines russes des Pouilles, Venise penchée sur elle-même mais ouverte à tous les pirates de tous les temps, le brouillard mélancolique et doré de la Toscane, et partout, perchés sur des marches, tels des oiseaux toujours ressuscités d'un siècle à l'autre, les badauds de toutes les villes, échangeant regards, rires, indifférence ou curiosité : partageant en tout cas cette insouciance historique et inébranlable qui fait le fond de l'air en Italie.

Le cheval

Je fais partie des dix ou quinze ou vingt pour cent de Français ou d'êtres humains qui, devant un cheval, éprouvent un mélange d'admiration, d'exultation et de ferveur tout à fait à part. Le cheval, dans tous les sens du mot, me transporte. Que ce soit dans les vieux westerns, que ce soit dans les concours hippiques, que ce soit sur les champs de courses, l'arrivée, le passage de ces animaux si beaux, si déliés, si forts et si fragiles – cette grâce, cette nervosité, cette respiration –, quelque chose dans l'encolure, dans le frémissement, dans l'allure, quelque chose de fier, d'un peu farouche, cette crinière, cette robe me fascinent et me touchent. D'ailleurs, pourquoi dit-on « le pied », « la bouche », « l'épaule », d'un cheval, et non pas l'échine, la patte ou le poil, comme pour n'importe quel mammifère ? C'est parce que sa beauté le fait respecter depuis toujours par tout le monde. Et si la langue française, qui a le génie des exceptions, a respecté pendant des siècles ce vocabulaire spécial et déférent, c'est que cela correspond à quelque chose de valable. Notre langage est autrement plus vif et adapté à notre vie que nos coutumes.

Le cheval fut tout d'abord le plus bel invité de Noé sur son arche, avant de devenir la plus noble conquête de l'homme, hors de ses cavernes. Puis il devint le seul moyen de liberté, le seul recours de l'homme dans les siècles qui suivirent, contre cette prison interminable et sans barreaux, contre ces étendues désertes, tourmentées ou riantes à l'œil, mais pour lui sans attrait dès l'instant qu'elles s'interposaient entre ses plus vifs désirs et sa vie : découvrir, connaître les pays étrangers, leurs habitants, leurs modes de vie, leurs femmes, dont lui avaient parlé tous les livres (s'il savait lire) ; mais le voyage d'un homme à pied était sans espoir ou presque : c'était comme naviguer sans voile, comme partir à la rame sur ces immenses étendues d'eau qui séparaient les continents (s'il y avait un autre continent).

La terre était interminable, à pied. On pouvait partir vers l'est, par exemple, mais l'on ne revenait jamais, en tout cas jamais par l'ouest. La terre était plate, aussi plate qu'elle le semblait, d'ailleurs, à tout le monde, mis à part ce Galilée qui avait été tellement puni de soutenir le contraire. En revanche, sous un cheval au galop, la terre semblait, tout à coup, ronde ; sous des sabots, la terre roulait. Les collines, les prés, les plaines, les montagnes, les villes, les hameaux, les châteaux et les masures défilaient comme autant d'images d'ailleurs et de voyage, consentantes, tourbillonnantes, tournoyantes. Sans oublier la sécurité d'une monture : car le voyageur à pied était à la merci de deux autres piétons maraudeurs ou d'un seul cavalier. Votre cheval était à la fois votre sauvegarde, votre compagnon, votre complice et votre aide. De

sa vigueur, de son obéissance surtout dépendait votre
survie, durant cent siècles qui ne s'achevèrent qu'avec
Henry Ford.

En attendant, de Lascaux à Longchamp, l'homme
dessina, peignit, admira, glorifia le cheval, son servi-
teur (et son maître parfois, quand il était de mauvais
poil). Les chevaux fous des Mongols, les palefrois des
seigneurs en route pour la guerre sainte, les destriers
des mousquetaires, les coursiers russes, les hommes
aimèrent ces violents serviteurs, compagnons de leur
mort et de leurs amours.

Et moi aussi, cette passion me vient de loin. Quand
j'avais huit ans, nous habitions, l'été, en famille, une
maison perdue, à la campagne. Mon père y ramena un
jour un cheval, qu'il venait d'arracher à la boucherie,
sans doute, qui s'appelait Poulou et que j'aimai aussitôt
passionnément. Poulou était vieux, grand et blond. Il
était aussi maigre et fainéant. Je le menais par le licol,
sans selle ni mors, et nous nous promenions dans les
prés des jours entiers. Pour l'enfourcher, vu sa taille et
la mienne – je devais, en plus, peser vingt-cinq kilos –,
j'avais mis au point une technique qui consistait à
m'asseoir sur ses oreilles pendant qu'il broutait – et il
ne faisait que ça – et à m'agiter jusqu'au moment où,
excédé, il relevait le cou et me faisait glisser tout au
long, jusqu'à son dos, où je me retrouvais assise dans
le mauvais sens. Une fois perchée, je me retournais,
je prenais le licol, je lui donnais des coups de talon
et poussais des cris de paon jusqu'à ce que, par gentillesse, il partît dans la direction qui lui plaisait. Nous
en avons parcouru des kilomètres dans le Dauphiné,

Poulou et moi, baguenaudant, errant – parfois trottant quand il voyait un champ de trèfle qui lui plaisait ou un ruisseau. Il était, autant que moi, insensible au soleil. Tête nue, nous montions et descendions les collines, traversions des prés, en biais, interminablement. Et puis des bois. Des bois qui avaient une odeur d'acacia et où il écrasait des champignons de ses gros fers, cliquetant sur les cailloux. À la fin du jour, souvent, je n'avais plus de force. Le soir baissait. L'herbe prenait une couleur gris fer, inquiétante, qui le faisait galoper tout à coup vers son fourrage, vers la maison, à l'abri. Il galopait et, penchée en avant, je sentais son rythme dans mes jambes, dans mon dos. J'étais au comble de l'enfance, du bonheur, de l'exultation. Je revois la maison au bout du chemin, la grille au bout, le peuplier ondoyant à gauche. Je sens les odeurs de là-bas, je revois la lumière du soir. Arrivée, je me laissais glisser de côté, je tapotais la tête de Poulou avec la condescendance, l'assurance, que me donnait la terre ferme sous mon pied, je le menais dans sa remise; et là, tout affligée, je le laissais devant son fameux fourrage, plus attentif à son menu qu'à mes baisers.

C'est de ces promenades que j'ai gardé, par la suite, cet équilibre et cette sorte d'aisance que donne la chevauchée sans selle. Depuis j'ai monté un peu partout, j'ai fait un peu d'obstacle, j'ai parcouru les forêts de Saint-Germain, de Fontainebleau et de Chantilly, les plages de Tunisie, les plaines de Camargue et surtout, surtout – grâce à une tante exquise – les Causses du Lot où je suis née et où tous les ans je me retrouve perchée sur un cheval de la famille… perdue sur des kilomètres de cailloux, sans un toit à l'horizon ni une âme. Il m'est arrivé, par les chaleurs d'août, de plonger dans des rivières tout habillée avec mon cheval tout harnaché, et de m'y rouler. Il m'est arrivé de me perdre dans ces montagnes pelées et de dormir dans le cou de mon cheval quand il faisait froid. Il m'est arrivé aussi, assommée par une branche, à demi évanouie, de me ficeler à ma selle et de redescendre comme dans les films de cow-boys, livrée à l'initiative et au sens de l'orientation de mon porteur. Il m'est arrivé de pleurer de fatigue aussi, égarée dans la nuit tombée et dans l'absence de toute lumière, perdue *« sans mât, ni fertiles îlots »*. Il m'est arrivé de tomber et de me retrouver sur le dos, dans l'herbe, sur la terre, maudissant tout quadrupède, me maudissant de m'y être juchée. Il m'est arrivé aussi de trotter, les étriers déchaussés, dans les mimosas, au-dessus de Mandelieu, dans une odeur incroyable. Il m'est arrivé de galoper si vite dans une forêt que chaque obstacle passé dans l'élan me soulevait le cœur de plaisir et de peur, dans une de ces conjonctions instantanées qui sont les formes parfois les plus vives du bonheur de vivre, et de l'acceptation de mourir… Ces heureux moments où la mort vous apparaît comme un accident, sinon délibéré, du moins provoqué. Ces heureux moments où la mort est la rencontre inopinée de deux circonstances, et non pas la suite logique et inévitable d'un verbe intransitif… C'est comme si l'on passait la moitié de sa vie à essayer d'être sensible à l'existence d'autrui, et l'autre moitié à essayer d'être insensible à sa mort. Mais passons. Passons : nous parlons des chevaux.

Et pas forcément de ceux qui, à Naples, couverts de plumets, de cristaux, et harnachés comme des bêtes démoniaques, transportent dans leur cage de verre le cercueil en bois noir d'un défunt. D'ailleurs, il y eut un certain nombre d'histoires d'amour et de mort, dans la race chevaline, qui sont oubliées. J'ai toujours été fascinée, pour ma part, par deux histoires. La première est que Gladiateur, dont la statue s'élève à Longchamp et qui montre, sur son socle, une assurance et une allure exemplaires, fut, pendant des années, et en même temps, l'étalon le plus chaste, le plus difficile, l'« impuissant » le plus cher, comme le pur-sang le plus génial de son siècle. Gladiateur ne jetait pas un œil sur les sublimes juments qu'on lui amenait, l'une après l'autre, enfiévrées par les boute-en-train, emballées par sa beauté, fascinées par son allure. Rien n'y faisait. Jusqu'à ce qu'il rencontrât, en allant à l'entraînement, au détour d'une allée de ce même Longchamp, traînant un van couvert de feuilles mortes, et suivant des jardiniers distraits, une vieille et nonchalante jument, trois fois son âge, un passé inconnu – douteux, peut-être. Et ses lads, ahuris, virent Gladiateur, enfin debout, dressé dans toute la splendeur de sa virilité enfin visible, enfin évidente, enfin provoquée par autre chose qu'un sucre (là, je brode peut-être). En tout cas, Gladiateur tomba fou d'amour pour cette vieille, vieille, vieille jardinière. Gladiateur, semblable à un Marlon Brando… de trente ans, fou d'amour pour Pauline Carton !… Cela fit rire les lads, les emplit d'espoir sur-le-champ, mais pas longtemps, car Gladiateur retomba dans sa torpeur et son indifférence initiales, vexant la superbe jument qu'on lui amena aussitôt, tremblante d'émoi et de timidité. Il avait tout oublié de cet instinct tardif mais prometteur, dont l'absence faisait se rouler dans l'herbe, de fureur, les entraîneurs, les jockeys (les propriétaires, n'en parlons pas !...), comme le public d'ailleurs, exaspéré et humilié, même, par cette défaillance considérée à l'époque comme si peu française. Hélas ! Hélas ! cette flambée s'avérait être un feu de paille, du moins le crut-on, jusqu'au moment où les jeux de l'amour et du haras le remirent en présence de la vieille jument et où il montra la même passion pour ce cas désespéré. Il fallut se l'avouer : Gladiateur était fou amoureux d'elle.

Que dire de plus ? Les chevaux heureux n'ont pas d'histoire. Eux se bornèrent à avoir des rejetons qui furent les plus grands et les plus beaux cracks du siècle. Et j'attends avec impatience que l'on ajoute, près de celle de l'étincelant Gladiateur, la sculpture de sa nonchalante et maigre compagne.

La seconde histoire, c'est Barbey d'Aurevilly qui aurait pu l'écrire. Dans les premiers temps, les courses se passaient entre gentilshommes anglais et français, à mi-chemin de Paris et de Londres, c'est-à-dire généralement cette plaine nommée Trouville sur laquelle ils venaient faire courir leurs champions. Le plus passionné, et d'ailleurs le promoteur – comme on dit maintenant – de Deauville, fut le duc de M... Or il paria un jour avec un gentleman anglais, lord X... (cette discrétion est décuplée chez moi par un oubli total du nom du gentilhomme, mais l'histoire est vraie), que son étalon Untel battrait le sien sur trois mille mètres, disons. La course eut lieu un dimanche. Le lord anglais était venu de Londres, il gagna une somme

assez énorme pour l'époque, dans le genre quatre mille
écus. (Là aussi ma mémoire est défaillante.) Le duc
de M… paya naturellement aussitôt et dit à l'Anglais :
« Bravo, vous avez gagné ! Mais en revanche j'ai un
hongre qui, lui, battrait n'importe lequel des vôtres. »
« Pari tenu », dit l'Anglais. « Dans quinze jours », dit
le Français.

Le pari était fort élevé et l'Anglais fort près de ses
sous. N'ayant pas de cheval comparable à celui de
M…, il fit couper son bel étalon. Naturellement, quinze
jours après, la plaie du cheval anglais n'était pas cica-
trisée. Néanmoins il gagna. Il perdit du sang toute la
course, mais arriva premier au poteau, où il mourut.
L'horreur générale fut vite suivie par le dégoût. M…
vint voir lord X…, lui paya ce qu'il lui devait et le pro-
voqua en duel. Le lendemain matin il le tua.

Bien entendu, je ne souhaiterais pas d'histoires
aussi sanglantes dans ce noble sport qu'est le turf.
Mais je me demande, dans une époque où les vilenies,
les accrocs à la décence, à l'honneur, à la simple humanité redoublent, si, châtiés de la sorte par les témoins,
leur nombre ne diminuerait pas !…

Pour rester sur les tapis verts des champs de courses
(pourquoi le vert est-il tellement relié à la chance ?
Et pourquoi, dans ce cas, pourquoi les théâtreux
l'évitent-ils aussi soigneusement ? C'est un mystère).
Pour en rester aux champs de courses, donc, j'ai résisté
longtemps à y jouer un autre rôle que celui de témoin
passif. D'abord il y avait, contre, deux arguments de
poids qui étaient : un, le prix d'un cheval, d'un pur-
sang, et deuxièmement le prix de son picotin. Malgré
la salubrité de l'air, malgré la beauté du gazon, mal-

gré l'entrain, l'affabilité, et les relations d'égalité démo-
cratique qui règnent entre les turfistes de tout rang,
malgré l'excitation des courses en elles-mêmes et la
beauté du spectacle, je résistai vingt ans. Mais il y
eut un printemps, à la fin des années soixante-dix, un
printemps si prometteur, si débordant de promesses
plutôt, sur le plan matériel j'entends, que je craquai.
Un printemps débordant de chèques en fleurs. Je
venais d'achever une pièce dont la lecture avait tant
excité ses quelques lecteurs qu'ils voulaient la monter dès septembre. Un producteur trouvait, dans l'un
de mes anciens romans, un sujet admirable pour un
film, et, enfin, un journal japonais offrait une fortune
pour une chronique bimensuelle. Grisée par cet avenir doré, je demandai à un entraîneur, célèbre fort justement pour son flair, Noël Pelat, de me trouver un
cheval qui galope. La société d'encouragement de ce
noble sport me donna fort courtoisement les couleurs
les plus belles et les plus simples que je puisse rêver :
casaque bleue, épaulettes noires, toque noire (ma
disparition depuis quelques années du pesage aurait
permis de les reprendre cent fois, mais ils ont eu la
courtoisie de ne pas m'en aviser ou de ne pas le faire,
je l'ignore, je ne veux pas le savoir. À moins que le
même fol espoir ne les habite aussi ?). Car je l'avoue,
c'est le seul luxe que je regrette parmi ceux que j'ai
connus, et que mon incurie, ma sottise, ma stupeur
et mon incrédulité devant la patience nécessaire aux
escrocs de tout rang m'ont retiré. Parmi les plaisirs
qui exigent de l'argent, et que je n'ai plus, il y a celui,
vraiment, de voir cette tache bleue et noire là-bas, au
diable, en train de se déplacer à toute vitesse devant

ou derrière un peloton, d'entendre la voix du speaker dire « Hasty Flag reprend du terrain… Hasty Flag a remonté… », et celui de se dire à soi-même « pourvu que le terrain soit mou et pourvu qu'il pleuve toute la semaine » devant ses amis indignés. Oui, entre autres, tout cela je le regrette, et d'ailleurs je n'y ai pas renoncé.

Donc, cet été 79-80 passa comme un rêve jusqu'à un automne qui se révéla désastreux. Non seulement ma pièce fut un four, non seulement le producteur se désintéressa de mon livre, mais mon journal fut le seul, dans ces grasses années 79-80, et dans tout le Japon, à faire faillite.

Je rentrai la tête dans les épaules et partis pour le Lot où la vie n'est pas chère et où on pourrait m'oublier plus rapidement. Je commençais à me remettre lorsque mon entraîneur, un peu oublié au milieu des tempêtes précédentes, me téléphona qu'il avait trouvé exactement ce qu'il me fallait et à un prix raisonnable. Raisonnable, ce prix ne pouvait pas l'être, mais bref, à force d'emprunts, de travaux baroques et subalternes, je finis par être propriétaire du nommé Hasty Flag, fils d'Herbager, qui galopait sur les pistes depuis déjà trois ans, en vain, mais comme disait mon entraîneur, il était fait pour sauter. Tout espoir nous était permis. De toute façon, je n'avais jamais eu dans ma vie qu'une patte par-ci, une patte par-là d'un cheval ami, ou plutôt du cheval d'un ami ; ceux-ci, joignant leur estime pour leur animal à leur confiance éperdue dans ma chance intrinsèque, avaient longtemps rêvé de notre conjonction. Hélas, même si ma patte était plus rapide que les trois autres, elle n'arrivait pas à les entraîner, et cela

n'avait rien donné. Là en revanche, j'étais seule déten-
trice de cette immense bête, belle, noire, aux manières
urbaines, un peu distraites, d'une grande douceur et
d'une grande nonchalance. Il s'avéra rapidement que
s'il n'éprouvait aucune répugnance à courir avec ses
copains, en revanche il ne voyait aucun motif pour
les dépasser. Durant près d'un an, je m'habituai à
voir ma belle casaque bleue, ma toque noire et mes
épaulettes noires à la queue du peloton. Il faut dire
que mes conseils à Hasty Flag avant la course, dans le
box selon les conventions, n'étaient pas des plus exci-
tants. « Ne va pas trop vite, lui disais-je. Fais attention à toi, mieux vaut revenir entier et dernier que
premier et blessé. Ne prends pas de risques… » etc.,
etc., conseils que je chuchotais, craignant le ridicule
que cela m'eût attiré (conseils qui, il faut bien le dire,
ne faisaient qu'étayer le sentiment personnel d'Hasty
Flag quant à la vanité de toute compétition). Et n'eût
été le prix, terrifiant à l'époque, de sa pension, nous
aurions vécu très heureux dans cette obscurité.

Je ne lui en ai voulu qu'une fois, dans un Grand
Prix où, courant lui-même un accessit une demi-heure
avant, il alla jusqu'à s'effondrer à la première haie,
juste devant la loge élégante où j'avais été conviée. Il
n'avait pas fait trente mètres. Je fus un peu vexée malgré tout. D'autant que, conscient peut-être de l'excès
de sa nonchalance, il décida, après avoir déposé son
jockey sur la piste, de retrouver son peloton, mais
il partit non pas à sa suite mais à sa rencontre. Les
hommes d'écurie durent lui courir après avant qu'il
ne mette la pagaïe dans la course. Cela m'acheva. Et
les égards et le silence, quant à mon crack, dans la

loge où j'étais installée, ne pansèrent pas totalement mon orgueil.

Vint le printemps suivant, bien moins prometteur que le précédent mais qui serait de ce chef bien moins décevant, me disais-je pour me consoler. Entre autres ennuis, je me brouillai avec mon éditeur, pour des motifs plus matériels que littéraires, qui, du coup, suspendit mes mensualités et, donc, me coupa les vivres. Je me retrouvai sans un kopeck du jour au lendemain et incapable aussi de trouver un avocat sans lui donner quelque provision. Bref, c'est un peu accablée que je me rendis, un jour, avec un charmant ami alors, au Grand Prix de Haies de Printemps, doté de cent cinquante mille francs et où mon entraîneur, pris de paranoïa sans doute, avait inscrit notre Hasty Flag. J'allai débiter à celui-ci des conseils de prudence, sans trop de conviction vu ses tendances, et me rendis aux tribunes. Sa cote n'était pas fameuse mais Pelat avait l'air plus excité que d'habitude.

La Grande Course de Haies de Printemps se déroule sur quatre mille cinq cents mètres, ce qui est un très long parcours, avec de nombreux obstacles échelonnés. Aussi lorsque le speaker annonça qu'Hasty Flag avait pris la tête dès le début, je me résignai d'avance à la suite, comme l'imprésario d'un coureur cycliste qui verrait son poulain attaquer en tête une étape dans les Alpes. Néanmoins, après quinze cents mètres, et comme les chevaux étaient dans la longue ligne droite de l'autre côté du champ de courses, avec toute la rivière et les haies à passer, Pelat me donna ses jumelles ; et après y avoir vu danser le mou-

lin, les immeubles et le ciel, j'y vis enfin Hasty Flag
qui menait toujours, Hasty Flag qui augmentait son
avance, comme disent les jockeys : Hasty Flag qui,
avec sa casaque bleu et noir, passait en trombe devant
moi, passait la haie où il s'était effondré quelque temps
avant et le poteau d'arrivée, pendant que dix inconnus
survoltés embrassaient la personne décoiffée, enrouée
et stupéfaite que j'étais.

Après ces effusions nous allâmes au Rond retrouver le vainqueur, et je l'embrassai, le cœur toujours
à deux cents. Ah ! je me souviens encore d'Hasty
Flag ! Comme il était beau, modeste, et brillant sous
son écume dans le soleil. Comme il faisait beau et
venteux, ce jour-là, à Auteuil. Et comme les turfistes
étaient gentils. Et comme c'était vrai, tout à coup, que
certains instants justifient tous les autres.

Pour des raisons que, seule, la raison peut comprendre, je l'ai déjà dit, je n'ai pas eu d'autre Hasty
Flag depuis, mais qui vivra... Encore faut-il vivre,
bien sûr, me dira-t-on. Et, me dira-t-on aussi, on n'en
est pas capable tous les jours. Bien sûr. Avec ou sans
cheval.

L'année suivante, Hasty gagna pas mal de petites
courses, moins importantes mais quand même très
utiles. Je me souviens de l'une où j'arrivai juste avant,
avec William Styron, l'écrivain américain, qui n'avait
jamais été aux courses. Nous entrâmes, je le présentai
à Hasty. Hasty courut devant nous, gagna cinquante
mille francs, je crois, et, après que je l'eus félicité,
regagna son box. Nous repartîmes aussitôt et Styron,
enchanté, se tourna vers moi : « Je veux absolument

avoir un cheval, dès que je rentre en Amérique ! C'est épatant ! » J'essayai en vain de lui expliquer les aléas possibles. Quant à Hasty, après avoir gagné quelques courses, il eut quelques ennuis à la jambe gauche, et je l'ai mis dans un haras. Nommé et diplômé étalon, il y coule des jours heureux, galope dans l'herbe verte et couvre de belles juments. De temps en temps, je rêve de lui.

Pour en finir avec les chevaux, la race chevaline, je déclarerai qu'il y a peu d'endroits plus charmants, le dimanche, à Paris ou ailleurs, qu'un bon café PMU. Dès onze heures et demie, c'est la réunion au sommet des turfistes du quartier, plus les deux ou trois étrangers inévitables venus d'arrondissements différents et lointains à la suite d'incidents qui ne regardent qu'eux, et qu'une solidarité naturelle fait accueillir par les joueurs du coin. D'abord, ils ont tous ce regard dilaté, imprudent et bizarrement calculateur des vrais turfistes, et, de onze heures à midi, ils échangent des pronostics formels ou des « tuyaux » si privés que n'importe quel boursier se verrait traîné en prison. Ce n'est plus le secret qui règne comme à la Bourse, ce n'est pas l'intrigue, la défiance, la manœuvre cachée, c'est au contraire : « Tiens ! je le sais par Tony, dans la quatrième, c'est Machin qui va arriver ! Les... doivent le monter avant lundi au plus haut. » « Tuyaux » qui sont informulables, illégaux, dans les Bourses des capitales autour de l'Opéra mais, au contraire, irrésistibles dans les bistrots de quartier. Car on ne tient pas à gagner seul, au PMU – alors que c'est primordial à la Bourse pour gagner plus. Le lucre est l'ambition de l'une, l'orgueil est l'ambition de l'autre. Le turfiste crie ses succès, le boursier les cache. D'un côté il y a l'initié qui se félicite de ses manœuvres, de l'autre l'intuitif qui se félicite de sa chance. Et la chance est mille fois plus rassurante que l'habileté pour qui que ce soit : car, avec la chance, non seulement vous vous trouvez malin, mais les astres sont de votre avis.

D'où la gaieté latente des turfistes qui peuvent accuser le « mauvais sort » s'ils perdent et non pas leur intuition, et s'en féliciter s'ils gagnent. Tantôt contrecarré par le destin, tantôt adoré par la chance, le turfiste n'a pas les déceptions, les rancœurs, les échecs réels des boursiers. Et l'espoir est à la même aune : car un tiercé gagnant peut changer complètement la vie d'un turfiste, alors qu'une hausse à la Bourse ne peut qu'arrondir le magot d'un boursier.

L'atmosphère d'ailleurs est autrement gaie dans le café. Il faut que le patron y soit bonasse, sans passion d'ailleurs pour les courses, indulgent d'apparence avec ses clients, mais sans la moindre condescendance. Il faut que le préposé au PMU soit discret, efficace, silencieux. Il faut que les joueurs aient du temps devant eux, surtout lorsqu'on sait que souvent, après avoir passé trois heures la veille dans *Week-end* ou *Paris-Turf* et y avoir choisi le deux, le quatre et le six, ils peuvent très bien le lendemain matin au café, sur les conseils d'un parfait inconnu, jouer à la place le trois, le neuf et le onze. Tant le turfiste sait tout possible… Tant le PMU comble chez l'homme un refus du sérieux, du « décidé », de l'habituel, qui hélas, le reste du temps, régente son existence… L'air est léger dans un bar PMU le dimanche, d'une légèreté passionnée introuvable ailleurs. Ce n'est pas seulement la chance, le gain, les « coups », la réussite qui ravissent les turfistes : même s'ils ne s'en rendent pas vraiment compte, c'est parce que leur espoir, leur avenir, leur amusement et leur complicité sont représentés par un aussi beau, un aussi élégant et aussi rétif animal que le cheval.

Le lit

Le « lit », mot modeste et bref, composé de trois lettres courantes, défini dans les dictionnaires comme : « meuble destiné au coucher », et dans les mots croisés comme : « déchiffre », le lit donc est un mot honteusement dédaigné : les rois, les empereurs, les nobles de tout temps furent représentés à leur bureau, les épouses à leur psyché, les parents dans leur fauteuil, les hommes de loi devant leur semainier, les servantes dans leurs armoires… On connaît ainsi le bureau où à Fontainebleau, Napoléon mêla de larmes tièdes ses brûlantes encres d'adieu, le sofa où Madame Récamier affolait les imaginatifs et refroidissait les sanguins. On connaît la baignoire où clapotait Marat, le piano dont Chopin berçait Madame Sand, on connaît tout des décors de nos célèbres fantômes sauf leur lit. Or depuis des siècles déjà, les riches personnages – hommes ou femmes – susceptibles de le payer dormant généralement ailleurs que dans le lit conjugal, et les ébénistes ne travaillant déjà que sur commande, ce lit conjugal n'était plus que le symbole, le rappel d'un raisonnable ou d'un infâme mariage.

Qu'il soit isolé dans une chambre où une aristo-
cratie blasée ne le voyait pas, qu'il soit vaguement
secoué en vue de la procréation mais vite abandonné
par une bourgeoisie avant tout ambitieuse, qu'il soit
vraiment partagé mais vite débordant d'enfants chez
les pauvres, qu'il soit tiré au cordeau chez les femmes
sages, ou au contraire défait, brisé par les bagarres
et les incartades des femmes « perdues », le lit ne se
montrait, ne s'amusait pas. Il n'était en fait apprécié
et estimé que par les courtisanes. De la plus ruineuse
à la plus misérable, le lit, leur lit, était leur gagne-pain,
leur ami, leur repos et leur champ de bataille. Elles
savaient qu'au soir, en fin de journée, les intrigues,
les échecs, les amours et les petits comptes des bour-
geoises une fois terminés, elles se retrouveraient enfin
sur le même pied, bien que couchées.

Car enfin ce lit, ce mot de trois lettres, on y naît,
on y meurt, on y sème, on y accouche et dans certains
couples, on s'y traîne ou l'on s'y jette, on en tombe ou
on s'en échappe, on y rit ou on y pleure, on y souffre
ou on y jouit.

Dédaignés, oubliés, voire insultés, combien de lits
pourtant ne nous ont-ils pas accueillis ? Combien
d'oreillers avons-nous martyrisés ou inondés de
larmes ? Combien de draps avons-nous rejetés, déchi-
rés ou ravagés ? Combien de lits de toujours dans les
maisons d'enfance, combien de lits de jamais plus
dans les maisons de passe… Et ces lits d'hôpitaux si
élevés que les médecins en ont un profil d'aigle, et ces
lits de garçonnières, si bas au contraire qu'on y a la
sensation plus nerveuse que sensuelle d'y déchoir en y
tombant. Et ces lits d'amour où l'on désire quelqu'un

qu'on aime et qui vous désire et qui vous aime. Ces lits alors devenus minuscules et gigantesques. Ces lits où l'on voit avec stupeur par la fenêtre que la nuit est tombée… Ces lits sur lesquels on jette en partant un œil reconnaissant « Merci », un œil désolé « Il faut nous séparer », un œil amer « Qui va nous suivre », et un œil naïf « Nous reviendrons bientôt ».

Qu'ils soient enveloppés de satin rose ou de papier journal, qu'ils geignent sous le poids d'un jeune obèse ou d'un vieux beau décharné, qu'ils reçoivent des corps noirs ou rouges, jaunes ou blancs, les lits sont nos vrais refuges. Pas un flanc humain n'a cette largeur de matelas, pas un muscle n'a la consistance du sommier, pas une chevelure, la douceur de son oreiller. Enfin et surtout, pas un être humain n'a son silence. Les lits de Saint-Tropez ouverts sur des hectares d'eau bleue, ces lits complices et dansants, ces lits ivres morts, ces lits se plaignant avec nous ; ou bien ce lit de New York si blanc, un dimanche où j'entendais, venus du trottoir, les dièses lancés dans l'air bleu par un trompettiste d'occasion. Lits d'orgie à deux, lits de rendez-vous. Lits sombres et mystérieux, lits de peur et lits de fous rires, lits transformés en tente parfois, comme lorsqu'on était petit ; lits aussi où les sanglots vous secouent parce que quelqu'un d'autre sur un autre lit gît, à jamais sans secousses. Lit, mon lit, que je quitterai un jour, portée, le jour justement où je me retrouverai, poussée par mes autres jours dans le flot lent et obscur de la mort et où quittant mon dernier lit, je disparaîtrai, comme le font les rivières en rejoignant les fleuves.

Table

Françoise Sagan
dans Le Livre de Poche

La Petite Robe noire et autres textes   n° 31501

On ne s'habille pas pour éblouir les autres femmes ou pour les embêter. Une robe n'a de sens que si un homme a envie de vous l'enlever, je dis bien l'enlever, pas l'arracher en hurlant d'horreur. Un homme ne vous aime pas pour une robe. Seulement, un jour, il vous réclamera aigrement « cette robe bleue, tu sais » (aux orties depuis deux ans), qu'il n'avait pas semblé voir. Les hommes se souviennent des robes, mais leur mémoire est sélective. Évitez les barboteuses…

 **www.livredepoche.com**

- le **catalogue** en ligne et les dernières parutions
- des **suggestions de lecture** par des libraires
- une **actualité éditoriale permanente** : interviews d'auteurs, extraits audio et vidéo, dépêches…
- **votre carnet de lecture** personnalisable
- des **espaces professionnels** dédiés aux journalistes, aux enseignants et aux documentalistes

Composition réalisée par ASIATYPE

Achevé d'imprimer en février 2010 en Espagne par
LITOGRAFIA ROSÉS S.A.
Gava (08850)
Dépôt légal 1re publication : mai 2009
Édition 04 : février 2010
LIBRAIRIE GÉNÉRALE FRANÇAISE – 31, rue de Fleurus – 75278 Paris Cedex 06

30/8458/9